TITANS

Kurzroman

Liebe, Krise, Footballspiele

Poppy J. Anderson

1. Auflage Dezember 2014

Covergestaltung: Catrin Sommer rausch-gold.com

Unter Verwendung von © justinkendra – fotolia.com

© Berenika_L – istockphoto.com

Korrektorat: SW Korrekturen e.U

www.poppyjanderson.de

poppyj.anderson@googlemail.com

Besuchen Sie mich auf Facebook:

www.facebook.com/pages/Poppy-J-Anderson

Liebe Leserinnen und Leser,

„Liebe, Krise, Footballspiele“ ist ein Kurzroman aus der „New York Titans-Reihe“, die mittlerweile zehn Bände umfasst.
In diesem Kurzroman kommen alte Bekannte vor, die uns einen Einblick in das Leben der beliebten Footballspieler zu Weihnachten geben und gleichzeitig zeigen, wie es mit den bereits lieb gewonnenen Paaren aus den vorherigen Bänden weitergeht.
Da ich vermehrt danach gefragt wurde, ob „Küss mich, du Vollidiot“ der letzte Band der Reihe war, freue ich mich, am Ende dieser Geschichte den Klappentext des elften Romans bekannt geben zu dürfen, der Anfang März erscheinen wird.
Zudem möchte ich mich bei all meinen Leserinnen und Lesern für die unvergleichliche Treue und Begeisterung bedanken, die sie meinen Romanen entgegenbringen.

Ihre Poppy J. Anderson

1. Kapitel

„Pippa, aus!“

Sarah schüttelte abwehrend den Kopf und bemühte sich um einen strengen Tonfall, damit die Bulldogge einerseits nicht den frisch gewischten Fußboden vollsabberte und andererseits das permanente Betteln sein ließ, während ihr Frauchen damit beschäftigt war, die Einkäufe im Kühlschrank zu verstauen. Dass ein ungefähr zwanzig Kilogramm schwerer Hund mit dem Heißhunger eines an Bandwurm leidenden Gorillas sich genau vor den Kühlschrank platzierte und Sarah dadurch zwang, jedes Mal einen Schritt über die hechelnde Bulldogge zu machen, erleichterte ihre Arbeit keinesfalls. Ein Blick in die treuen Hundeaugen, in denen sich purer Weltenschmerz sowie absolute Verfressenheit vereinten, verursachte in Sarah jedes Mal das bedrückende Gefühl, den Hund verhungern zu lassen. Dass Pippa alles andere als vor dem Hungertod stand, bewiesen sowohl die deutlich sichtbaren Speckschichten sowie das Diätfutter, das ihnen der Tierarzt empfohlen hatte. Dennoch stieg ein nicht zu ignorierendes Gefühl von Mitleid in Sarah auf, sobald Pippa sie mit den großen braunen Hundeaugen ansah und in ein frustriertes Fiepen ausbrach.

Eigentlich müssten Poppy und Pippa auf ihr Gewicht achten, was nichts anderes hieß, als dass Sarah und ihr Freund Dupree beiden Bulldoggen nicht ständig irgendwelche Leckerlis zustecken durften. Das war gar nicht so einfach, wenn beide Hunde sich gebärdeten, als hätten sie seit Tagen nichts gegessen. Wenn Sarah es nicht besser gewusst hätte, wäre sie davon ausgegangen, dass die Bulldoggen unter Schwangerschaftsgelüsten litten. Doch dies war so ziemlich unmöglich, immerhin handelte es sich bei Poppy und Pippa um zwei männliche Bulldoggen, auch wenn sie dank der kleinen Tochter von Duprees Arbeitskollegen nicht nur mit typisch weiblichen Namen ausgestattet waren, sondern zu allem Überfluss auch noch knallpinke Halsbänder trugen.

Für Passanten musste es ein seltsamer Anblick sein, wenn Dupree, der als Profi-Footballspieler das Aussehen eines menschlichen Bulldozers besaß, mit zwei übergewichtigen Bulldoggen durch den Park spazierte, sie Poppy und Pippa rief und zusätzlich furchtbar kitschige Leinen in der Hand hielt. Dass sich hinter

Dupree Williams der mit Abstand sensibelste und warmherzigste Mensch versteckte, den Sarah jemals kennengelernt hatte, konnten Fremde natürlich nicht ahnen. Sie sahen lediglich einen dunkelhäutigen Muskelberg mit zwei überfressenen Bulldoggen, die den kompletten Spazierweg vollsabberten, während ihr Herrchen mit Plastiktüten durch die Gegend lief, um die Hinterlassenschaften seiner Schützlinge zu beseitigen.

Erst vor ein paar Tagen hatte Duprees Teamkollege und Kumpel Brian im Scherz gemeint, dass Sarah sich glücklich schätzen könne, dass Dupree bereits Übung darin hatte, sich um die Verdauung der Bulldoggen zu kümmern, weil das sicherlich von Vorteil wäre, wenn sie beide ein Baby bekämen.

Wie nicht anders zu erwarten gewesen war, hatte Dupree beschämt den Kopf gesenkt und war errötet, als die Rede von zukünftigen Babys gewesen war. Sarah dagegen hatte ein Lächeln nicht unterdrücken können, denn sie hatte es zum einen unglaublich süß gefunden, wie Dupree einem Schuljungen gleich errötet war, und zum anderen war es der Gedanke an ein Baby gewesen, der sie zum Strahlen gebracht hatte. Um sie herum kamen mittlerweile so viele Kinder zur Welt, dass sie unweigerlich selbst daran dachte, Mutter zu werden. Immerhin hatte sie einen Mann an ihrer Seite, dem sie bedingungslos vertraute und mit dem sie sich gemeinsame Kinder vorstellen konnte.

Das grunzende Hecheln der anbetungswürdigen Bulldogge lenkte sie von ihren hochbrisanten Gedanken ab und entlockte ihr ein breites Grinsen. Nach unzähligen Nächten, in denen Dupree und sie von den beiden Welpen geweckt worden waren, weil sie seine Wohnung vollgepinkelt hatten, nach dutzenden Tierarztbesuchen, weil die beiden ganze Kissen oder Bettdecken gefressen hatten, nach schrecklich aufreibenden Besuchen in der Hundeschule, die jedes Mal chaotisch geendet hatten, und zahlreichen Konflikten darüber, wie sie die Bulldoggen erziehen sollten, war Sarah davon überzeugt, dass Dupree und sie schon ziemlich gut darauf vorbereitet waren, Eltern zu werden, auch wenn sie noch lernen musste, wie man Windeln wechselte. Dupree dagegen war ein Meister darin, Säuglinge zu versorgen, da er der älteste Bruder von fünf jüngeren Geschwistern war und auch als

Kindermädchen hätte arbeiten können, wenn er nicht ein vorzüglicher Footballspieler geworden wäre.

Vorsichtig schielte Sarah durch die Öffnung zum Wohnzimmer und bemerkte, dass sich Dupree nicht in ihrem Sichtfeld befand, sodass sie hastig ein Leckerchen in das erwartungsvoll geöffnete Maul der Bulldogge fallen ließ, in die sie sich fast parallel zu Dupree verliebt hatte. Alle drei waren gleichzeitig in ihr Leben getreten, als sie beauftragt worden war, eine Reportage über den beliebten Tackle der New York Titans zu schreiben, der sich für die hiesige Brustkrebshilfe engagierte, für die Sarah noch heute arbeitete.

„Nichts Daddy sagen“, wies sie Pippa flüsternd an, der sich nach dem schmackhaften Leckerchen großzügig über das Maul fuhr und eine wahre Lache an Sabber auf den eigentlich sauberen Fliesen der Küche hinterließ.

Sarah rümpfte amüsiert die Nase, tätschelte Pippa den Kopf und verließ anschließend die Küche, um Dupree auf der Couch zu entdecken, wie er mit Poppy an seiner Seite, der selig auf dem Rücken lag und schnarchte, einen Papierstapel auf seinem Schoß überflog. Da im Fernsehen gleichzeitig seine liebste

Kochshow lief, musste es sich bei den Papieren um etwas verdammt Interessantes handeln. Seit Dupree mit Liv, der Frau seines Freundes Julian, einen Kochkurs besuchte, kochte er beinahe exzessiv und schien es darauf anzulegen, eine männliche Version von Martha Stewart zu werden. Überall stapelten sich Kochbücher, im Fernsehen liefen nur noch Kochshows und beinahe täglich zauberte er die exquisitesten Speisen, was dazu führte, dass neben Poppy und Pippa auch sie beide Diät halten sollten. Bei Dupree setzten die köstlichen Gerichte nicht wirklich an, da er so viel Sport trieb, dass die zusätzlichen Kalorien lediglich ein Tropfen auf den heißen Stein waren, aber Sarah bekam ihre Hosen kaum noch zu und konnte nur froh sein, dass es Mitte Dezember so kalt in New York war, dass man dicke Jacken tragen musste.

Ihr interessierter Blick glitt von Dupree, dessen Stirn gerunzelt war, zum Fernseher, auf dem gerade ein beeindruckender Fleischberg mariniert wurde. Typisch männlich war Dupree ein großer Fleischliebhaber, weshalb sein offensichtliches Desinteresse Sarah ziemlich verwunderte.

Räuspernd trat sie zum Sofa und setzte sich auf die Lehne, um den schlafenden Poppy nicht zu stören, dessen Pfoten zuckten, was vermutlich bedeutete, dass er gerade davon träumte, einen Hasen zu jagen. Beinahe hätte sie den annähernd haarlosen Bauch der Bulldogge gestreichelt, konzentrierte sich stattdessen jedoch lieber auf den Mann, der mit einem lauten Seufzer aufsah und alles andere als zufrieden wirkte.

„Sitzt du über deiner Steuererklärung?"

Er schüttelte den Kopf. „Nein. Wie kommst du denn darauf?"

Angesichts seiner Verwirrung hätte sie beinahe gelacht. „Du wirkst ziemlich entnervt und alles andere als begeistert."

„Ich gehe gerade den Kalender für das nächste Jahr durch. Wie es scheint, werden wir uns niemals auf einen Termin für die Hochzeit einigen können."

Unbewusst berührte sie den hübschen Verlobungsring an ihrer Hand, den er ihr erst vor wenigen Monaten über den Finger gestreift hatte. Noch heute stieg ein warmes Gefühl in ihr auf, wenn sie daran dachte, wie er sie gebeten hatte, sie zu heiraten. Obwohl sie seit nicht einmal zwei Jahren ein Paar waren, schmiedeten sie bereits Hochzeitspläne. Sarah hätte niemals gedacht, dass sie sich nach so relativ kurzer Zeit binden würde, dennoch besaß sie nicht den leisesten Zweifel an diesem Schritt.

Schmunzelnd legte sie den Kopf zur Seite und fragte sanft: „Ist es so ernst, dass du nicht einmal deine Lieblingskochsendung schauen kannst?"

Seine Hand fuhr durch sein kurz geschnittenes Haar, während ein lautes Stöhnen aus seinem Mund kam. „Meine Mom hat mich vor einer Stunde angerufen und darauf bestanden, dass wir in ihrer Gemeinde heiraten sollen."

Arglos zuckte sie mit der Schulter. Im Gegensatz zu ihren Eltern war Duprees Mutter eine eifrige Kirchgängerin, der eine kirchliche Trauung sehr wichtig war. Sarah hätte zwar auch in einem Standesamt heiraten können, doch um ihrer zukünftigen Schwiegermutter eine Freude zu bereiten, würde sie Dupree sogar in der baufälligen Kirche in Alabama das Ja-Wort geben. Erst im letzten Sommer hatten sie dort für eine kleine Sensation gesorgt, als sie beide zu Besuch bei Duprees

Mutter gewesen waren und mit ihr den Gottesdienst besucht hatten. Da Sarahs Stiefmutter ebenso schwarz wie Dupree war und Sarah mit zwei dunkelhäutigen Halbbrüdern aufgewachsen war, war es für sie völlig normal, inmitten einer Kirchengemeinde zu sitzen, die aus Afroamerikanern bestand. Um so etwas Profanes wie Hautfarbe hatte sich Sarah noch nie irgendwelche Gedanken gemacht, doch den Mitgliedern der Gemeinde waren beinahe die Augen herausgefallen, als sie Sarah, die strohblond, winzig und extrem hellhäutig war, am Arm von Dupree entdeckt hatten. Der Gedanke, dort zu heiraten und Duprees Team mitzuschleppen, die allesamt mehr oder weniger außergewöhnlich waren, zauberte ihr ein amüsiertes Lächeln auf die Lippen.

„Na ja ... vermutlich sollten wir Blake vorher eintrichtern, dass er nicht fluchen sollte, wenn er neben dir am Altar steht, aber ansonsten hört sich die Idee deiner Mom doch ganz nett an.“

Der Ausdruck seiner Augen troff vor Ironie. „Erstens war es keine Idee, sondern der Befehl meiner Mom, dort zu heiraten, und zweitens habe ich nicht gesagt, dass Blake mein Trauzeuge sein wird.“

„Natürlich wird er das“, beschied Sarah bestimmt, bevor sie sich fragte, wann sie zu Blakes Fürsprecherin geworden war, immerhin war er der schlimmste Rüpel unter der Sonne. Gleichzeitig war er jedoch auch der loyalste und liebenswerteste Rüpel, der so ungefähr alles für seine Freunde getan hätte.

„Sarah ...“

„Baby“, unterbrach sie ihn weich und lehnte sich vor, um über den schlafenden Poppy eine Hand auf die stahlharte Schulter ihres Verlobten zu legen. „Wir wissen doch beide, dass es Blake sehr viel bedeuten würde, wenn er dein Trauzeuge wäre.“

Auch wenn das Schnauben, das er ausstieß, abscheulich klang, machten sich augenblicklich Schmetterlinge in ihrem Bauch breit.

„Wenn Blake mein Trauzeuge ist, wird er einen grauenvollen Junggesellinnenabschied planen. Vermutlich zwingt er mich dazu, mir einen Striptease anzusehen!“

Beinahe hätte sie gelacht. Normalerweise wären die meisten Männer enttäuscht gewesen, wenn sie auf ihrem Junggesellenabschied keinen Lapdance bekämen, doch

Dupree gehörte zu den vermutlich äußerst seltenen männlichen Exemplaren, die mit Stripperinnen nichts anfangen konnten. Ein Grund, weshalb sie genau wusste, dass er der Richtige für sie war, war die Tatsache, dass er einen Menschen nicht nach dem Äußeren beurteilte und dass sie bei ihm ganz sie selbst sein konnte. Gerade Sarah mit ihrer Vorgeschichte hatte bei Dupree niemals das Gefühl haben müssen, dass er sie abschätzend musterte. Er fand sie schön und würde sie auch noch in fünfzig Jahren schön finden, wenn sie Falten hatte und dank seiner sich steigernden Kochkunst aus allen Nähten platzte.

„Der Junggesellenabschied ist doch egal. Denk daran, welche Freude du ihm damit machen würdest."

Er verdrehte seine dunklen Augen und begann, die Bulldogge neben sich gedankenverloren unter dem Kinn zu streicheln. „Eigentlich wollte ich einen deiner Brüder fragen, ob er mein Trauzeuge sein möchte."

„Da hättest du das erste Problem", feixte sie und erhob sich, um sich auf seinen Schoß zu setzen. Gemütlich schmiegte sie sich an ihn und kuschelte ihren Kopf gegen seine Schulter. „Jamie und Harry bekämen sich ziemlich in die Haare, wenn du dich zwischen ihnen entscheiden müsstest."

Nun klang auch seine Stimme annähernd belustigt, als er in ihr Haar murmelte: „Also scheint mir gar nichts anderes übrig zu bleiben, als Blake zu fragen."

„Mhm", erwiderte sie amüsiert und legte den Kopf zurück, um ihm einen Kuss auf die Lippen zu drücken. Dass er dabei die Arme um sie schlang und selbst einen kleinen zufriedenen Laut nicht unterdrücken konnte, machte sie so unsagbar glücklich, dass nicht einmal das Magenknurren der schlafenden Bulldogge sie störte.

Während ihre Finger über seine glatt rasierte Wange streichelten, fragte Sarah mit einem Anflug von Neugierde: „Warum stört es dich, in der Gemeinde deiner Mom zu heiraten? Du weißt doch, wie wichtig ihr dies ist."

Unter ihren Fingern bewegte sich seine Wange, als er den Mund verzog. „Es bringt unsere Zeitplanung völlig durcheinander. Die Kirche soll nämlich genau dann renoviert werden, wenn wir heiraten wollen."

Gutmütig zuckte sie mit der Schulter. „Wir müssen auch nicht unbedingt im Sommer heiraten ..."

„Einen anderen Zeitpunkt können wir nicht nehmen.“ Frustriert griff er wieder nach dem Stapel Papiere und legte ihr einen detaillierten Jahresplan vor, über den sie amüsiert die Nase rümpfte. Der Mann, der eine Irokesenfrisur getragen und verblendeten Zahnschmuck besessen hatte, als sie sich kennengelernt hatten, war mittlerweile besser ausgestattet als jeder Hochzeitsplaner und hatte einen Jahreskalender angefertigt, in dem er alle wichtigen Termine eingetragen hatte. Selbstverständlich wusste Sarah, wie groß seine Aversion dagegen war, ihn *süß* zu nennen, aber die Tatsache blieb, dass er es war.

Er war einfach zuckersüß.

Um seine Feststellung zu verdeutlichen, zeigte er auf ein pink gefärbtes Datum. „Der Mai käme vielleicht noch infrage, aber der Geburtstermin für Toms und Erins Baby ist genau zu dieser Zeit. Davor klappt es auch nicht, weil der Draft stattfindet und sowohl Mitch als auch Teddy ausfallen würden.“

„Mhm.“ Gespielt ernst lauschte sie seinen Ausführungen und deutete auf ein blau markiertes Feld. „Was ist mit diesem Datum?“

Vorwurfsvoll senkte sich sein Blick. „Da ist deine Mom auf einem Onkologenkongress in Kanada, Sarah."

„Entschuldige", erwiderte sie scherzhaft. „Ich habe die Termine meiner Mom nicht so gut im Kopf wie du."

Noch nicht wirklich besänftigt, stieß er ein tiefes Seufzen aus. „Wie es aussieht, können wir es uns abschminken, in diesem Jahr zu heiraten."

Es kostete sie alle Mühe, kein genervtes Seufzen auszustoßen. Stattdessen zog sie seinen Terminplaner auf ihren Schoß und fragte sehr pragmatisch: „Wann soll die Kirche renoviert werden?"

„Zwischen Ende Mai und Ende Juli."

Siegesgewiss tippte sie auf eine leere Zeile. „Das erste Augustwochenende würde passen, Dupree. Euer Trainingscamp beginnt erst ..."

„Abgesehen davon, dass das Camp nur eine Woche später beginnt, können wir Anfang August nicht heiraten."

„Warum denn nicht?" Stirnrunzelnd sah sie auf.

„Weil ich mir zu einhundert Prozent sicher bin, dass die Renovierung Anfang August nicht abgeschlossen sein wird und niemand von uns inmitten einer hochsommerlichen Mückenplage in Alabama heiraten will.“

„Auch wieder wahr“, murmelte sie und war nun selbst dran, den Mund zu verziehen. „Wir müssen doch nicht im Sommer heiraten.“

Er klang zutiefst frustriert. „Wann denn sonst? Im September beginnt die neue Saison.“

Sarah zuckte mit der Schulter und bemühte sich, einen Überblick über die Vielzahl der Termine am Anfang des Jahres zu erhalten. „Und Anfang des Jahres?“

Mit einem Blick, als hätte sie ihm gerade eröffnet, dass sie von nun an auf Fleisch verzichten wolle und als würde sie auch ihm verbieten, jemals wieder seine geliebte Lammkeule zu essen, maß er sie entsetzt. „In ein paar Tagen haben wir schon Weihnachten, Sarah! Eine Hochzeit muss monatelang geplant werden.“

„Dupree“, erwiderte sie relativ gefasst. „Ich möchte dich heiraten und brauche dafür keinen Staatsakt. Im Februar oder März ist das Wetter in Alabama schön genug und ...“

Mit einem heftigen Kopfschütteln unterbrach er sie. „ Februar und März sind beide tabu.“

„Warum sind sie tabu, wenn ich fragen darf?“

Auf ihr Stöhnen antwortete er mit einem törichten Gesichtsausdruck. „Muss ich das wirklich sagen?“

„Ich bitte darum!“

Als wäre es das Offensichtlichste, neigte er den Kopf und erklärte gutmütig: „Wegen des Superbowls.“

„Wegen des Superbowls können wir nicht heiraten?“

Dupree zeigte zwei Reihen ebenmäßiger Zähne, als er stolz lächelte. „Wir sind in den Play-offs und haben gute Chancen auf den Superbowl. Wenn wir den gewinnen, werden wir alle vor lauter Presseterminen im Februar und März keine Zeit haben.“

Dass er fest davon ausging, den Superbowl zu gewinnen, hätte sie sprachlos gemacht, wenn sie nicht gewusst hätte, dass die Titans tatsächlich reelle Chancen auf einen Sieg hatten.

Schwach hob sie eine Hand. „Ach ... also spricht ein möglicher Superbowlsieg dagegen, zu dieser Zeit unsere Hochzeit zu planen.“

Ihr Verlobter spitzte die Lippen und nickte nachdrücklich. „Außerdem feiern die Zwillinge Mitte Februar ihren ersten Geburtstag.“

Zwischen Verzweiflung und Belustigung hin- und hergerissen schüttelte Sarah den Kopf. „Hast du morgen Zeit? Dann brennen wir nach Las Vegas durch."

„Meine Mom wäre entsetzt. Und deine sicherlich auch."

Dagegen wehrte sie sich entschieden. „Meine Mom käme sofort mit, wenn ich sie anriefe und ihr von einer Blitzhochzeit in Las Vegas erzählte. Sie liebt nämlich den einarmigen Banditen."

Mit einem Ächzen lehnte er sich zurück und musterte sie eingehend. „Aber für meine Mom wäre eine Hochzeit ohne Pfarrer keine richtige Hochzeit."

„Oje." Gespielt nachdenklich tippte sich Sarah mit dem Zeigefinger gegen die Unterlippe. „Also wären wir gar nicht verheiratet und unsere zukünftigen Kinder wären ...?"

„Bastarde", verkündete Dupree so düster, als wäre ihm gerade eröffnet worden, dass die NFL sich zukünftig mit der Fußball-Liga vereinigen würde.

Gutmütig beugte sich Sarah vor und gab ihm einen Kuss, bevor sie von seinem Schoß rutschte und beschwingt erwiderte: „Wenn das so weitergeht, wird deine Mom noch jahrelang auf Enkelkinder warten müssen, denn ich habe nicht die Absicht, ihr einen Herzinfarkt zuzumuten, weil wir unverheiratet ein Baby in die Welt setzen."

Anscheinend hatte ihre Bewegung Poppy geweckt, der sich auf den Bauch drehte und mit verschlafenen Augen durch die Gegend schaute, bevor er mit einem Hops vom Sofa sprang und schnurstracks die Küche anpeilte.

„Was sollen wir denn nun tun, Sarah?"

Seine verzweifelte Stimme klang so deprimiert, dass sie tief Luft holte. „Deine Mom kommt in ein paar Tagen her, Dupree. Wir reden dann mit ihr."

„Das wird nicht viel bringen. Sie will, dass wir kirchlich heiraten."

„In Las Vegas gibt es ..."

Lautes Hundegebrüll aus der Küche unterbrach sie und sagte ihr, dass sich die beiden Bulldoggen vermutlich um irgendeine Köstlichkeit zankten. Seufzend zuckte sie daher mit der Schulter und machte sich auf den Weg zur Küche, um den Streit zu schlichten.

Hinter sich vernahm sie seine frustrierte Stimme. „Du weißt doch, wie meine Mom ist! Sie hasst Glücksspiele!“

Bevor sie in der Küche verschwand, zwinkerte sie ihm zu. „Trotzdem nimmt sie jede Woche am Bingo-Spiel ihrer Gemeinde teil.“

Seine Augenbraue wanderte in die Höhe. „Erpressung?“

Sarah hob arglos beide Hände. „Du machst das schon.“

Glücklicherweise sah er ihr breites Grinsen nicht, als er als Antwort laut stöhnte.

2. Kapitel

„Du lässt Blake noch Pornos schauen?"

Geräuschvoll biss Madison in einen Apfel und erwiderte kauend: „Warum sollte ich es ihm verbieten? Ich schaue selbst gerne Pornos."

Einen Moment lang bedauerte sie ihre große Klappe, da der völlig verwirrte Eddie vor lauter Schreck das Bier ausspuckte, das er gerade hatte trinken wollen, und ihre mühsam eroberte Sauberkeit zerstörte. Es war schwer genug, in Blakes Wohnung Ordnung zu schaffen, auch ohne dass seine Kumpels bei ihm einfielen, Bierfontänen über den glänzend polierten Couchtisch sprühten oder mit ihren vom matschigen Schnee durchnässten Schuhen über den hellen Teppich in der Eingangsdiele liefen. Blake war bereits eine Nummer für sich und gab auf eine aufgeräumte Bude ungefähr so viel wie auf Fußball, was in seinem Fall bedeutete, dass Madison froh sein konnte, wenn sie ihr Frühstück einnehmen konnte, ohne dass sie schmutzige Sportschuhe auf dem Esstisch fand.

Seine Kumpels Eddie und Ian standen ihm in nichts nach, auch wenn die beiden sich dahingehend unterschieden, dass Eddie gerne ihren Kühlschrank leer aß, während Ian lieber im betrunkenen Zustand randalierte und so laut grölte, dass Blakes Nachbarn die Polizei riefen. Diese kam auch immer brav, bat um etwas mehr Ruhe und fragte in einem Atemzug nach Autogrammen, was Madison ziemlich komisch fand.

In der kurzen Zeit, in der Madison mit Blake zusammen war, hatte sie einiges über Footballspieler und Männer im Allgemeinen gelernt.

Erstens hatten sie ein furchtbares Ego, konnten unheimlich schnell die beleidigte Leberwurst spielen und dachten meistens, dass sich die Sonne um sie zu drehen hatte. Vor allem auf Footballspieler schien diese Meinung zuzutreffen.

Zweitens gehörten die Männer, die nach außen hin wie die unmöglichsten Typen wirkten, mit denen man sich niemals vorstellen wollte, eine Beziehung zu führen, zu den großartigsten Freunden.

Mit Blake war es ihr nicht anders ergangen. Anfangs hatte sie ihn für einen widerlichen, überheblichen und dämlichen Vollidioten gehalten, der sie nur ins Bett hatte bekommen wollen. Natürlich musste sie zugeben, dass

Blake tatsächlich ein Vollidiot sein konnte und ganz sicher hatte er sie zu Anfang nur ins Bett bekommen wollen, doch irgendwann hatte sie bemerkt, dass mehr hinter ihm steckte. Nach und nach hatte sie ihn lieb gewonnen und zur gleichen Zeit festgestellt, dass auch er Gefühle für sie entwickelt hatte.

Ein kleines bisschen war Blake wie ein roher, ungeschliffener Diamant, der noch immer nicht seine Ecken und Kanten verloren hatte, aber anders hätte sie ihn gar nicht gewollt, da Madison selbst alles andere als ein glatter, nichtssagender Edelstein war. Sie mochte ihren Freund nun einmal großmäulig und temperamentvoll, da sie genauso war. Mit einem Langweiler hätte sie niemals etwas anfangen können. Es schadete wirklich nicht, dass Blake ein Pöbel sein konnte, denn dies bedeutete, dass sie zurückpöbeln konnte.

Ihre eigene große Klappe stieß manchen Menschen merkwürdig auf. Blake gehörte nicht dazu.

Eddie dagegen hatte sich wegen ihres freimütigen Spruchs noch immer nicht erholt, sondern hustete krächzend.

Madison zuckte lässig mit der Schulter und lehnte sich gegen den Türrahmen, während sie Blake beobachtete, der auf seiner Couch saß und die nackten Füße auf den Couchtisch gebettet hatte. Seine funkelnden Augen begegneten ihren, als er dem hustenden Eddie auf den Rücken schlug und ihn so vor einem Erstickungstod bewahrte.

„Alles gut, Eddie?"

Der Bär von einem Mann mit den beispiellos zarten Gesichtszügen beruhigte sich langsam und warf ihr einen vorsichtigen Blick zu, als befürchtete er jeden Moment, dass sie sich in Medusa höchstpersönlich verwandeln konnte. Schon einige Male hatte sich Madison gefragt, ob Eddie, der im Umgang mit Frauen meistens verwirrt wirkte, Angst vor ihr hatte. Im Grunde war dies lachhaft, da er mindestens sechzig Kilo mehr wog als sie und eine wahre Kampfmaschine war. Sie dagegen betrieb zwar Kickboxen, machte sich jedoch nichts vor. Bereits einmal war sie – wenn auch aus Versehen – von einem Footballspieler in voller Montur umgerannt worden. Glücklicherweise hatte sie das Maskottchenkostüm der Titans getragen, das ihren Sturz gedämpft hatte. Dennoch hatte sie das Gefühl nicht vergessen, Opfer eines Tackles geworden zu sein. Freiwillig wollte sie so etwas nicht noch einmal erleben.

Daher hatte Eddie nun wirklich nichts von ihr zu befürchten – nur ihre spitze Zunge.

„Du schaust dir Pornos an?“

Madison schnaubte wenig damenhaft und warf die Apfelkitsche mit der Präzision eines überbezahlten Basketballspielers auf Blakes leeren Spaghettiteller, den der faule Idiot noch immer nicht weggeräumt hatte. „Was denn? Denkst du, dass nur Männer sich Pornos anschauen?“

„Aber ... *richtige* Pornos? Mit allem Drum und Dran?“

„Nein“, erwiderte sie sarkastisch. „Ich sehe mir nur solche Pornos an, in denen Mann und Frau bekleidet miteinander schlafen und anschließend händchenhaltend in den Sonnenuntergang reiten.“

„Reiten ... hehe.“ Blakes dreckige Lache hallte in seinem Wohnzimmer wider und übertönte sogar die Geräusche des Fernsehers, der mal wieder in nicht zu übertreffender Lautstärke vor sich hin dudelte. „Ich weiß, was du damit meinst, Baby.“

„*Baby* hätte gerne eine ordentliche Wohnung“, hielt sie ihm vor und deutete auf das dreckige Geschirr, das sich neben leeren Bierflaschen auf dem Couchtisch stapelte. „Du hast *Baby* nämlich versprochen, dass sie ihre Eltern zu Weihnachten in deine Wohnung einladen darf.“

Den verzweifelten Ausdruck in seinen Augen hätte sie ihm eine Sekunde lang fast abgekauft, wenn sie den Spinner nicht so gut gekannt hätte. Natürlich war ihr klar, dass die Situation für ihn neu war, mit einer Familie die Weihnachtsfeiertage zu verbringen, dennoch war es auch so, dass man Blake zu seinem Glück zwingen musste. Außerdem kannte er ihre Familie bereits und brauchte erst gar nicht den verschüchterten Freund zu spielen, der sich davor scheute, auf ihre Eltern zu treffen. Wenn Blake eines nicht war, dann war dies schüchtern. Der Mann besaß ein so ausgeprägtes Selbstbewusstsein, dass er nackt über die Fifth Avenue laufen würde, wenn man ihn ließe.

Immer wieder erwischte sich Madison dabei, wie sie ihm aus purem Mitleid, weil er als Heimkind aufgewachsen war und seine Eltern nicht kannte, alles Mögliche abnehmen wollte, doch dies wäre der falsche Weg gewesen, mit ihm eine Beziehung zu führen. Deshalb sah sie auch gar nicht ein, ihm Begegnungen mit ihrer Familie zu ersparen. Blake konnte es aushalten und würde – wenn auch nur ihr zuliebe – den ersten Weihnachtsfeiertag mit ihrer Familie verbringen.

„Darüber wollte ich sowieso noch mit dir reden ..."

„Nichts da", hielt sie ihm sofort vor. „Du hast es versprochen, mein Lieber!"

Augenblicklich runzelte er die Stirn und schien auf die Maxime *Angriff ist die beste Verteidigung* zu setzen. „Aber wenn ich nun einmal keine Lust habe?!"

Andere Frauen wären vermutlich über die ablehnende Haltung in Tränen ausgebrochen, doch Madison stemmte lediglich die Hände in die Hüften und musterte ihn mit der Autorität einer Oberschwester, die widerspenstigen Patienten Darmspülungen verpasste. „Wir können vor Eddie gerne besprechen, worauf ich ab und zu keine Lust habe, aber dir zuliebe auch das mitmache."

Seine Antwort bestand aus einem missmutigen Grummeln, bevor er sich mit einem gequälten Stöhnen an seinen Kumpel wandte. „Sag doch auch mal was!"

Eddie jedoch schien noch immer ein anderes Thema faszinierend zu finden. „Du verarschst mich doch, Madison. Oder? Frauen schauen sich keine Pornos an."

Beinahe hätte sie vor lauter Verzweiflung die Hände in die Luft geworfen. Bevor sie jedoch etwas hätte antworten können, schien Blake seine gute Laune wiedergefunden zu haben, da er mit größter Zufriedenheit erklärte: „Ich bin das größte Glücksschwein der Menschheitsgeschichte, Eddie. Meine Freundin schaut Pornos und steht auch noch dazu. Außerdem darf ich ihr ..."

„Keine Einzelheiten bitte", unterbrach Eddie ihn hastig, was Madison mit einem kurzen Augenverdrehen zur Kenntnis nahm.

Eigentlich hatte sie erwartet, dass Sportler und insbesondere Footballspieler mit intimen Geständnissen nicht geizten und ihren Kollegen jede Einzelheit ihres

Sexlebens mit größter Freude offenbarten. Blake besaß tatsächlich einen solch ausgeprägten Mitteilungsdrang und plauderte allzu gerne Details zu ihrem Sexleben aus, doch die meisten seiner Teamkollegen hielten sich sehr bedeckt, was ihre Aktivitäten im Ehebett betraf. Eddie war zwar nicht verheiratet, gehörte jedoch zu denen, die lieber schwiegen. Auch wenn Madison ihn noch nicht besonders lange kannte, war ihr bereits aufgefallen, dass sich sein Interesse streckenweise nur auf den Inhalt von Blakes Kühlschrank, aber nicht auf dessen Sex-Geschichten bezog.

„Stell dich nicht so an“, beschwerte sich Blake sofort.

„Ich kenne genug deiner perversen Geschichten.“

„Pervers?“ Ahnungslos neigte Madison den Kopf zur Seite und zog den Reißverschluss ihres Sweatshirts hoch. „Blake ist doch gar nicht so besonders pervers. Eigentlich ist er sogar ziemlich prüde.“

„Prüde?“ Eddie glotzte sie mit der Miene eines Zwergpudels an, der begriff, dass er kastriert werden sollte. „Blake und prüde?“

„Aber ja“, erklärte sie ihm freundlich. „Er mag nicht einmal gewisse Pornos schauen.“

Ein Schnauben ertönte, das man sicherlich noch bis nach Williamsburg hören konnte. „Entschuldige, Madison, aber kein normaler Mann ist nach solchen Filmen noch in der Lage, im Bett sein Bestes zu geben, weil er von Versagensängsten und Minderwertigkeitskomplexen heimgesucht wird.“

Sie schenkte ihm ein süßliches Lächeln und war nur von Eddies Anwesenheit davon abzuhalten, auf den Schoß ihres Freundes zu klettern und ihm zu beweisen, dass er keinen Grund zur Klage hatte.

Im Gegensatz zu Eddie hatte sie sofort verstanden, von welchen Filmen Blake sprach. Der bullige Footballspieler, der die gesamte Packung Burritos verputzt hatte, die er im Kühlschrank seines Freundes entdeckt hatte, fragte jedoch völlig irritiert: „Wovon zum Teufel sprecht ihr überhaupt?“

„Ach.“ Madison wedelte mit einer Hand achtlos in der Luft herum. „Blake und ich haben eine kleine Abmachung, wenn wir uns zusammen Pornos anschauen.

Er möchte nicht, dass es ein Film aus der Kategorie *XXL* ist, wenn du verstehst, was ich meine."

Eddies Gesichtsausdruck war beinahe Gold wert. Sein Mund war geöffnet, während er heftig blinzelte und den Anschein machte, gerade einen Einblick in völlig fremde Welten zu haben oder einen Außerirdischen zu treffen. Ganze zwei Mal musste er sich räuspern, bis er einen Ton herausbekam. „Und du?"

Schulterzuckend erklärte sie ihm: „Er darf sich keine Gangbang-Pornos anschauen. Jedenfalls dann nicht, wenn ich dabei bin." Angesichts Eddies fragender Miene setzte sie trotzig hinzu: „Zwar weiß ich, dass es in Pornos sicherlich nicht um Liebe geht, trotzdem möchte ich nicht dabei sein, wenn sich mein Freund daran aufgeilt, dass eine Frau für ein Rudelbumsen herhalten muss."

Blake grinste und klopfte sich einladend auf den Oberschenkel. „Damit kann ich leben, Baby."

Tadelnd schüttelte sie den Kopf. „Nicht vor Eddie, Blake. Du bekommst Ärger mit Teddy, wenn du ihn traumatisierst."

Nun schnaubte ihr Gast abfällig. „Ich habe seit ein paar Jahren den Spind neben seinem. Nichts kann mich mehr traumatisieren."

„Nur dass ihr es wisst ..." Blake erhob sich, streckte sich gähnend und trat auf sie zu, um ihr einen schweren Arm um die Schulter zu legen und seine unrasierte Wange an ihrer zu reiben, während er eine Hand benutzte, um mehr kräftig als liebevoll ihren Po zu kneifen. „Ich stehe auch nicht aufs Rudelbumsen, es sei denn, mir wird Exklusivität zugesichert."

„Exklusivität?" Neugierig sah sie ihm in die blauen Augen und ignorierte die forsche Hand, die noch immer damit beschäftigt war, an ihrem Po herumzugrabschen.

Seine Lippen verzogen sich zu einem hinreißenden Lächeln. „Auf einen Dreier lasse ich mich nur ein, wenn ich der einzige Mann bin."

„Abgesehen davon, dass du schrecklich homophob bist", ächzte Madison und schob seine Hand beiseite, „ist ein Dreier noch lange kein Rudelbumsen."

Sein glucksendes Gelächter ließ seinen Brustkorb vibrieren. „Und das weißt du, weil ...?"

Naserümpfend schob sie auch seinen Arm zur Seite und erklärte kategorisch: „Weil ich nicht teile, Blake. Meins bleibt meins. Gerne experimentiere ich herum und lasse mich meinetwegen auch ans Bett ketten oder mir Tiernamen geben, wenn du darauf stehst, aber du musst nicht glauben, dass ich seelenruhig zuschaue, wie du irgendeine Trulla anschleppst und davon ausgehst, dass du sie vor meinen Augen in unserem Bett ...“

„Immer mit der Ruhe“, unterbrach er sie gutmütig und fuhr mit einer Hand in ihr Haar, das selbst jetzt zur Mittagszeit schrecklich zerzaust war. „Zwar habe ich keine Ahnung, wie du darauf kommst, dass ich dir im Bett Tiernamen geben will, aber ich teile auch nicht gerne. Schon gar nicht dich.“

Beinahe hätten sie vergessen, dass Eddie ebenfalls anwesend war und ihre kleine intime Unterhaltung mitbekommen hatte, doch ein ausgewachsener Footballspieler, der sich peinlich berührt räusperte und nervös auf der Couch herumrutschte, war nur schwer zu ignorieren.

„Wäre das dann zwischen euch geklärt? Kein Rudelbumsen und keine Tiernamen?“

„Das mit den Tiernamen müssen wir noch ausdiskutieren, schließlich hat Madison die Angewohnheit, mir im Bett einen speziellen Namen zu geben.“ Blake versetzte ihr einen Klaps auf den Hintern, der ziemlich heftig ausfiel und sie dazu veranlasste, sich verstohlen die malträtierte Stelle zu reiben. Wohlweislich hielt sie dieses Mal die Klappe, weil sie schließlich nicht alle intimen Geheimnisse seinem Kumpel verraten musste. Eddie ging es nichts an, dass Blake im Bett ein Faible für Popoklapse besaß und dass Madison ihn im Eifer des Gefechts King Kong nannte, auch wenn sie ihm anschließend immer versichern musste, dass dies nichts mit den Rückenhaaren zu tun hatte, die er wohl bis vor wenigen Monaten dank irgendwelcher chinesischer Pillen besessen hatte.

Dass Männer auch immer so empfindlich sein mussten, wenn es um ihr Aussehen ging! Blake war Footballspieler, bekennender Macho und ein stadtbekanntes Großmaul, das sich unbesehen in Prügeleien verwickeln ließ, dennoch besaß er ein gut gefülltes Kulturtäschchen und benutzte eine

Antifaltencreme für die Augenpartie. Mehr musste Madison wirklich nicht sagen!

„Welchen Namen gibst du Blake denn?“

„Das verrate ich nicht“, erwiderte sie eisern und schob Blake von sich, um sich in ihren Lieblingssessel fallen zu lassen und die kuschelige Decke über ihre Schultern zu ziehen.

Blake, dieser Quälgeist, nahm direkt hinter ihrem Sessel Stellung und legte seine schweren Hände auf ihre Schultern, während er Eddie großspurig anvertraute: „Du möchtest gar nicht wissen, *was* sie im Bett so alles von sich gibt.“

Nicht wirklich amüsiert, verschränkte Madison unter der Decke die Arme vor der Brust und maulte: „Wolltet ihr nicht irgendetwas Wichtiges besprechen?“

Lachend tätschelte er ihren Kopf und ignorierte das Fauchen aus ihrem Mund. „Keine Sorge, Mad Madison, ich werde deine Geheimnisse nicht ausplaudern.“

„Wer's glaubt, wird selig“, murmelte sie verdrossen.

Eddie dagegen beeilte sich, hastig zu erklären: „Ich *will* eure perversen Geheimnisse gar nicht wissen! Eigentlich bin ich nur hier, weil *du* mich gebeten hast, herzukommen und über Weihnachten zu sprechen, Blake.“

Augenblicklich legte Madison den Kopf zurück, um von unten zu ihm aufzusehen. Das schlechte Gewissen war ihm sofort anzusehen.

„Was meint Eddie damit, Blake?“

„Ach ...“

„Ach!“ Wütend kniff sie die Augen zusammen. „Meine Familie kommt zu Weihnachten her. Das hast du mir versprochen.“

Stöhnend zog er seine Hände zurück und trat vorsichtshalber einen Schritt zur Seite. „Du hast deine ganze Familie eingeladen ...“

„Na und?“ Ratlos verdrehte sie den Kopf, um ihm weiterhin ins Gesicht sehen zu können. „Hier ist genug Platz und du kennst sie alle bereits. Wenn meine Grandma dich bisher nicht zum Heulen gebracht hat, wird sie es auch in Zukunft nicht schaffen.“

Wie ein schmollendes Kind schob er das Kinn vor. „Taylor wird auch kommen.“

Da sie keine Ahnung hatte, worauf er hinauswollte, runzelte sie die Stirn. „Und das ist ein Problem ... weil?“

„Weil sie mich nicht leiden kann", brach es aus ihm heraus. „Ich habe keine Ahnung, was ich getan haben soll, aber vielleicht ist dir schon einmal aufgefallen, dass deine Cousine kein Wort mit mir wechselt und mich ansieht, als hätte ich absichtlich ihren Hund überfahren."

„Taylor kann mit Hunden nichts anfangen. Sie ist eher der Katzentyp", versetzte sie trocken und erntete einen Blick, der ihr sagte, dass sie ernst bleiben sollte. Daher troff ihr Ton vor Unglauben, als sie Blake fragte: „Seit wann interessiert es dich, was Taylor über dich denkt?"

„Seit du meine Freundin bist und ich keine Lust auf ein Weihnachtsfest habe, bei dem ich der Böse bin."

„Aber du bist doch gar nicht der Böse", wehrte sie empört ab.

Wieder machte sich Eddie durch ein Räuspern bemerkbar. „Ich kann auch später wiederkommen, wenn euch das besser passt."

Sowohl Blake als auch Madison beachteten ihn nicht weiter, sondern redeten aufeinander ein. Natürlich war ihr klar, dass ihre Cousine nicht gut auf Blake zu sprechen war, auch wenn sie den Grund dafür nicht kannte, doch vor ihm wollte sie es nicht aufs Tapet bringen, damit er erst gar kein Argument dafür hatte, Weihnachten abzusagen. Ihrer Meinung nach sollte er langsam erwachsen werden.

Mit aller Vernunft, die sie besaß, wollte sie daher so ruhig wie möglich von ihm wissen: „Was hättest du denn vor, wenn ich meine Familie wieder ausladen würde?“

„Niemand hat gesagt, dass ich dich zwinge, nicht mit ihnen zu feiern.“

„Also soll das bedeuten, dass wir Weihnachten nicht gemeinsam verbringen werden?“

Genau wie ihr schien auch ihm dieser Gedanke nicht zu behagen, da er eine vorsichtige Miene aufsetzte und sich unsicher den Nacken rieb. „Nein ... ich meine ... schau mal, Madison. Ich will euch nicht die Weihnachtsstimmung verderben, indem deine Cousine sauer ist, weil wir bei mir feiern und ich dabei bin.“

Zwar ging sie davon aus, dass sich Taylor sowieso rigoros weigern würde, an diesem Weihnachtsfest teilzunehmen, aber das musste sie ihm nicht unbedingt auf die Nase binden.

„Das ist Taylors Problem, Blake. Wenn sie der Meinung ist, schmollen zu müssen, kann sie das gerne tun."

Sein Stöhnen klang mehr als genervt. „Seien wir ehrlich. Mir bedeutet der ganze Weihnachtskram nicht besonders viel, und es macht mir auch nichts aus, wenn du bei deiner Familie feierst."

„Aber mir bedeutet Weihnachten sehr viel, Blake."

Achtlos zuckte er mit der Schulter. „Dann ist doch alles gut."

Sehr bedächtig und mit scharfem Unterton entgegnete sie: „Nein, ist es nicht. Du bist mein Freund, und ich möchte, dass auch du dabei bist."

„Ich werde einfach bei Julian und Liv vorbeischauen ..."

Obwohl sie nicht so leicht zu verletzen war, spürte sie dennoch einen empfindlichen Stich, als sie sich vorstellte, Weihnachten ohne ihn zu verbringen. Nachdenklich holte sie Luft. „Geht es hier wirklich um Taylor, oder hast du einfach keine Lust, meine Familie und mich um dich zu haben?"

Augenblicklich wehrte er aufgebracht ihren Vorwurf ab. „Unsinn ...“

„Ich habe eher den Eindruck, dass du lieber mit deinen Kumpels Weihnachten verbringst als mit mir.“

Seine Nasenflügel blähten sich auf. „Du verdrehst mir die Worte im Mund, Madison. Das hat man davon, wenn man rücksichtsvoll sein will.“

„O’Neill“, ließ sich Eddie eingeschüchtert vernehmen.

„Klappe“, beschied sie den riesigen Footballspieler auf der Couch neben sich und fixierte ihren Freund wütend, der keine Anstalten machte, auch nur einen Millimeter von seiner Position abzurücken. Normalerweise genoss sie es, wenn sie beide sich streiten konnten, ohne dass einer von ihnen den Schwanz einkniff, aber heute fühlte sie sich dadurch verletzt, dass er so gar keine Lust zu haben schien, die Feiertage mit ihr zu verbringen.

„Was soll denn das Theater? Ich verbringe immer die Feiertage bei Julian.“

„Aber jetzt sind wir zusammen“, entgegnete sie nachdrücklich und erhob sich. Bei einem Streit zu sitzen und zu ihm aufsehen zu müssen, war tatsächlich eine verdammt ungünstige Position. Da begegnete sie ihm lieber auf Augenhöhe.

„Ich will mich deshalb nicht mit dir streiten." Annähernd versöhnlich verzog er den Mund. „Schau mal, das ist Julians letzte Saison ..."

„Schieb jetzt nicht seinen Abschied vor, nur weil du nicht mit mir Weihnachten feiern willst."

„Aber mit dir will ich doch Weihnachten verbringen", blökte er rüpelhaft los. „Sogar deine Grandma wäre okay, auch wenn sie mir eine Heidenangst einjagt, aber mit Taylor komme ich nicht klar."

„Ignorier sie doch einfach."

„Ernsthaft?" Seine dunklen Augenbrauen zogen sich abfällig zusammen, während er seine Arme vor der Brust verschränkte. Dass sich das weiße T-Shirt dabei über Muskelbergen spannte, übersah sie geflissentlich, um sich nicht ablenken zu lassen. „Deine Cousine behandelt mich wie den Antichristen. Darauf habe ich keinen Bock."

„Sei keine Mimose", hielt sie ihm vor. „Seit wann lässt du dich von Cheerleadern ins Bockshorn jagen?"

„War ja klar, dass so ein Spruch kommen musste“, entgegnete er frostig. „Blake und die Cheerleader – ich lach mich tot.“

Nun kniff sie die Lippen aufeinander und verschränkte ihrerseits die Arme vor der Brust. „Willst du wirklich auf ein schönes Weihnachtsfest verzichten, weil Taylor dich eventuell missmutig anschauen könnte?“

„Eventuell? Deine Cousine hasst mich!“

„Meine Cousine hat einen leichten Knall“, hielt sie ihm entgegen. „Aber das ist kein Grund, um mich derart vor den Kopf zu stoßen.“

Während sie beide sich gegenseitig anblitzten, erklärte Eddie unsicher: „Ich würde mich wirklich wohler fühlen, wenn ihr das unter euch besprechen würdet.“

„Wisst ihr was, Jungs?“ Ergeben hob sie die Hände in die Höhe und ignorierte den Kloß in ihrem Hals. „Schmiedet Pläne für Weihnachten und lasst euch von mir nicht aufhalten. Ich schlafe heute bei mir.“

„Madison, jetzt sei doch nicht beleidigt“, stöhnte Blake genervt los, um ihr anscheinend zu zeigen, wie übertrieben er ihre Reaktion fand.

Als Antwort schüttelte sie den Kopf, da sie sich vor den beiden Männern keine Blöße geben wollte, und verließ schweigend das Wohnzimmer. Im Schlafzimmer begann sie damit, ihre Sachen zusammenzusuchen, während sie aufgebracht darüber nachdachte, warum sie das Gefühl hatte, gleich in Tränen auszubrechen.

Seit Wochen machte sie Land und Leute verrückt, plante ein gemütliches Weihnachtsfest mit ihren Verwandten, um Blake das Gefühl zu geben, endlich auch Teil einer Familie zu sein, dabei legte er auf ihre Bemühungen gar keinen Wert. Er wollte lieber mit seinen Kumpels feiern und nahm dafür sogar in Kauf, dass sie beide an diesen Tagen nicht zusammen waren. Der Gedanke, dass Blake sein bisheriges Leben kein Weihnachtsfest erlebt hatte, das er mit einer Familie hätten feiern können, machte ihr seit Wochen zu schaffen. Einerseits war es das Mitleid mit dem kleinen Kerl, der in einem Heim groß geworden war, andererseits war es das Mitgefühl mit dem erwachsenen Mann, dem es so unglaublich schwerfiel, Nähe zuzulassen, welches sie bewogen hatte, ihm schöne Feiertage zu bereiten, die ihm zeigen sollten, dass er nicht mehr allein war.

Normalerweise war Madison kein gefühlsbetonter Mensch, da sie jedoch in Blake verliebt war, schlichen sich diese Gedanken in ihren Kopf. Umso schmerzhafter war es, dass er ihre Bemühungen zurückwies.

„Was wird das, wenn es fertig ist?"

Ein kurzer Blick über ihre Schulter sagte ihr, dass er in der Tür zum Schlafzimmer lehnte und sie misstrauisch betrachtete.

Sehr kühl erwiderte Madison, während sie ihren winzigen Slip, den Blake so gerne an ihr sah, in die Tasche stopfte: „Ich will euch nicht stören, während ihr Weihnachtspläne schmiedet."

„Komm mal runter, Madison." Seine Stimme klang im Gegensatz zu ihrer ziemlich geduldig. „Es ist doch nur Weihnachten."

Wütend krächzte sie: „Vielen Dank, dass du mich wenige Tage vorher vor vollendete Tatsachen stellst. Sehr rücksichtsvoll von dir."

„Wieso machst du so ein Fass auf? Das passt gar nicht zu dir."

„Und wie soll ich das schon wieder verstehen?"

„Wenn du das Packen sein lässt und mich anschaust, könnten wir wie zwei Erwachsene darüber reden."

Dies ließ sie erst recht schnauben. Dennoch drehte sie sich um, auch wenn ihre Augen vor Wut funkelten. „Ich bin wütend und werde deshalb sicherlich nicht hier schlafen."

„Dass du wütend bist, sieht ein Blinder mit dem Krückstock." Barfuß kam er näher und sah in seinem T-Shirt, den hellblauen Boxershorts und dem zerstrubbelten Haar zum Anbeißen aus. Nichtsdestotrotz konzentrierte sie sich auf ihre Wut und verschränkte abwehrend die Arme vor der Brust.

„Verdammt, wenn es so wichtig für dich ist, dann gehe ich nicht zu Julian!"

Die Begeisterung war ihm anzusehen, also schüttelte Madison konsequent den Kopf. „Du willst Weihnachten nicht mit mir feiern. Schön!"

„Das habe ich nie behauptet! Mir ist es einfach zu viel, wenn deine ganze Familie hier herumspökt und deine Cousine mich am liebsten vom Balkon stoßen will, auch wenn ich nicht weiß, warum sie sauer auf mich ist."

„Das liegt in der Familie", erklärte sie vergrätzt.

„Du raubst mir den letzten Nerv", erwiderte Blake durch zusammengepresste Zähne.

„Dito!"

Das Knurren, das er ausstieß, hätte die meisten Frauen vermutlich vor lauter Schreck zusammenzucken lassen. Madison jedoch hob lediglich das Kinn und sah ihm aus schmalen Augen ins Gesicht.

Verzweifelt warf er die Hände in die Höhe. „Wenn es unbedingt sein muss, dann feiern wir hier mit deiner Familie."

Verächtlich rümpfte sie die Nase und merkte, dass sie kurz davor stand, ihm eine zu kleben. „Unter diesen Umständen solltest du doch lieber bei Julian und Liv feiern."

„Und den Spaß verpassen, wenn deine Grandma wieder richtig aufdreht?" Blake schüttelte den Kopf und lächelte schief. „Zwanzig Mäuse, dass sie deinen Onkel wegen seiner Vorliebe für Bourbon herunterputzt."

Seinen Versuch, die Situation zu entschärfen, fand sie weder besonders originell noch sehr witzig. „Steck dir deine Mäuse ..."

„Madison."

Hochmütig spitzte sie die Lippen. „Vielleicht will ich ja gar kein Weihnachten mehr mit dir feiern?“

„Doch, du willst“, entschied er knapp. „Und wehe, du freust dich nicht über dein Geschenk! Ich habe wochenlang danach gesucht.“

Trotz seines harschen Tons, der wütenden Miene und der Tatsache, dass sie sich gerade stritten, flammte ein warmes Gefühl in ihrem Magen auf, das nichts mit der scharfen Soße zu tun hatte, die sie zu ihrem Burrito gegessen hatte.

Dennoch wollte sie ihn nicht gewinnen lassen. Aus Prinzip, schließlich war er bereits eingenommen genug von sich selbst.

Hoheitsvoll nickte Madison und schlenderte an ihm vorbei ins Badezimmer. „Gut, wir feiern hier. Mit meiner Familie.“

„Okay.“

„Dennoch bin ich wütend auf dich“, erläuterte sie, obwohl ihre Gefühlslage mehr als offensichtlich war, und setzte hinzu, bevor sie die Tür zum Badezimmer hinter sich zuwarf: „Heute kannst du dir Tiernamen,

Fesselspiele und generell Sex abschminken, mein Freund!“

3. Kapitel

„Blake hat gerade angerufen.“

„Und was wollte er?“ Liv sah vom Boden zu ihrem Mann auf, der mit Levi auf dem Arm zu ihr, Brianna und Zoey trat und mit der Schulter zuckte.

„Das erzähle ich dir später.“

Angesichts seiner Miene konnte sie sich denken, dass er das Thema vor den beiden Mädchen nicht vertiefen wollte.

Brianna schnappte unglücklicherweise viel zu viele Dinge auf, die ein dreijähriges Mädchen normalerweise nicht hören sollte. Da ihr Dad Footballspieler war und die Kleine ab und zu mit zum Training oder zu seinen Kumpels nahm, konnte es vorkommen, dass sie sehr stolz ihren Freunden im Kindergarten Wörter beibrachte, die eigentlich tabu waren. Die Vorstellung, dass ausgerechnet ihre Tochter diejenige war, die in ihrer Kindergartengruppe für helle Aufregung sorgte, weil sie ihre Spielkameraden nicht nur in die Welt der Schimpfwörter einführte, sondern sie auch in das Mysterium einweihte, was Mommys und Daddys hinter ihren geschlossenen Schlafzimmertüren taten, bereitete Liv schlaflose Nächte.

Nachdem Brianna erst vor ungefähr zwei Monaten mitten in der Nacht in das Schlafzimmer ihrer Eltern geplatzt war, als sie beide miteinander geschlafen hatten, rechnete Liv ständig damit, dass erzürnte Eltern bei ihnen anriefen, weil ihre Kinder dank Briannas Wissbegierde nun wussten, woher die Babys kamen und dass der Klapperstorch gar nicht existierte. Eigentlich war Liv davon ausgegangen, noch mindestens drei Jahre warten zu können, bevor sie ihre Tochter aufklären müssten, doch die verschlafene Frage der Kleinen, warum Daddy Mommy quetschte und ihr augenscheinlich wehtat, weil Mommy schließlich seinen Namen stöhnte, hatte sie dazu gezwungen, Tacheles mit ihr zu reden. Seither prahlte Brianna mit ihrem aufregenden Wissen und erzählte nicht nur jedem Gast daheim, dass Mädchen eine Vagina und Jungen einen Penis besaßen, sondern klärte auch äußerst hilfsbereit ältere Damen im Park und Kassiererinnen im Supermarkt über diesen Umstand auf.

Erst vor einigen Tagen hatte Liv die Straßenseite gewechselt, weil ein Priester und eine Nonne auf der vierunddreißigsten Straße an einem kleinen Spendenstand gestanden und Passanten frohe Weihnachten gewünscht hatten. Hätte ihre Tochter den beiden Kirchenmenschen von ihrer neuesten Erkenntnis berichtet, wäre Liv vor Scham im Boden versunken.

Im Gegensatz zu Liv begann Julian jedes Mal zu lachen, wenn Brianna freimütig eine Aufklärungsstunde abhielt – selbst wenn es in der U-Bahn war. Er mochte diesen Umstand äußerst witzig finden, aber sie hatte sich noch immer nicht von dem Schock erholt, von ihrer dreijährigen Tochter beim Sex erwischt worden zu sein, zumal sie keine Ahnung hatte, wie lange Brianna bereits an ihrem Bett gestanden hatte. Liv wusste nur, dass sie ihrem Mann wenig zurückhaltend einige delikate Dinge ins Ohr gestöhnt hatte, als plötzlich die piepsige Stimme ihrer Tochter ertönt war, die nach Wasser verlangt hatte.

Um eine Wiederholung des Ganzen zu vermeiden, zwang sie Julian jedes Mal dazu, mindestens zwei Mal zu kontrollieren, ob ihre Schlafzimmertür verschlossen war, sobald er dieses Glitzern in den Augen bekam.

Das Glitzern in seinen schokoladenbraunen Augen bedeutete nämlich, dass er nicht mehr lange warten konnte, bis er sich auf sie stürzte und ihr jedes Kleidungsstück auszog. In solch einer Situation wollte sich Liv nicht noch einmal befinden, wenn eines ihrer Kinder plötzlich in den Raum stürzen könnte. Vorsicht war besser als Nachsicht und bedeutete für sie, am besten jeden Abend die Tür abzuschließen. Julian gehörte nämlich zu der Sorte Mann, der selbst nach einigen Ehejahren nicht auf die Idee kam, das Sexleben mit seiner Frau langweilig zu finden.

Verstohlen musterte sie seine Füße, die in ausgetretenen Turnschuhen steckten, und ließ ihren Blick langsam und vor allem unauffällig seine langen Beine nach oben wandern, bevor ihre Augen am Bund seiner Jeans Halt machten. Vielleicht gehörte es sich nicht unbedingt, mitten am Tag und mit zwei kleinen Mädchen neben sich daran zu denken, wie gerne sie den Waschbrettbauch ihres Mannes betrachtete, der sich unter dem dunkelgrünen Poloshirt verbarg, und dass sie es kaum erwarten konnte, ihm die ausgewaschene Jeans aufzuknöpfen, sobald die beiden Kinder abends in ihren Betten lagen. Liv hatte keine Ahnung, woran es lag, da Julian und sie das ganze Jahr über ein ausgefülltes

Sexleben hatten, aber im Winter konnten sie kaum die Finger voneinander lassen. Es war sicherlich auch kein Zufall, dass jedes ihrer Kinder im Winter gezeugt worden war.

Vorsichtig ließ sie ihre Augen weiter nach oben wandern und begegnete seinem offenen Blick.

Als wüsste er genau, woran sie gerade dachte, grinste er wölfisch, verrückte Levi auf seinem Arm und wackelte belustigt mit den Augenbrauen, während sie mit ihrer Tochter und der fünfjährigen Zoey auf dem Boden vor dem gerade errichteten Weihnachtsbaum saß, um den passenden Schmuck herauszusuchen.

Heftige Röte schoss ihr ins Gesicht, die nichts mit der Hitze im Raum zu tun hatte, die von dem prasselnden Feuer im Kamin kam.

Betont gleichmütig fragte Julian nach einem Räuspern an ihren Gast gewandt: „Zoey? Schätzchen, hat dein Dad eigentlich gesagt, wann er zurück sein wird?"

„Julian", tadelte Liv ihn verlegen, weil sie sehr wohl bemerkte, was er vorhatte. Gleichzeitig streichelte sie der blonden Fünfjährigen durch das Haar und wollte ihrerseits wissen: „Habt ihr auch schon einen Baum, Liebling?“

Mit vor Begeisterung funkelnden Augen nickte Zoey, die bei ihnen ein gern gesehener Gast und das unkomplizierteste Kind war, das Liv kannte. „Daddy hat ihn gestern aufgestellt. Heute Abend wollen wir ihn schmücken, wenn Mama und er vom Arzt kommen. Außerdem wollen wir Plätzchen backen und ...“

„Plätzchen!“ Da Brianna nicht nur mit der Neugierde, sondern auch dem Appetit ihres Vaters gesegnet war, schaute sie sofort auf. „Ich will Plätzchen.“

„Ich *möchte* Plätzchen“, korrigierte ihr Vater sie und ließ Levi hinunter, der damit begonnen hatte, auf Julians Arm herumzuzappeln. „Außerdem gibt es gleich erst einmal Abendessen. Danach bekommst du ein Plätzchen.“

Als relativ genügsames Kind gab sich Brianna mit der Erklärung ihres Dads zufrieden und beschäftigte sich lieber mit dem Baumschmuck, der auf dem Boden ausgebreitet darauf wartete, an den Tannenbaum geheftet zu werden.

Lächelnd beobachtete Liv die dunkelbraunen Locken ihrer Tochter, während sie mit lispelndem Stimmchen Zoey erklärte, dass sie den Weihnachtsmann in der letzten Nacht vor ihrem Fenster gesehen hätte. Obwohl das Gesicht der fünfjährigen Zoey skeptisch wirkte, korrigierte sie ihre jüngere Freundin nicht, sondern lauschte andächtig dieser fantastischen Geschichte. Julian hatte sich mittlerweile ebenfalls neben den Baum gehockt und hörte mit einem belustigten Lächeln den Anweisungen der beiden Mädchen zu, welcher Schmuck wo aufgehängt werden sollte.

Da er zu der Sorte Vater gehörte, der eine Engelsgeduld mit seinen Kindern hatte, korrigierte er den Platz einer besonders schönen Weihnachtskugel gefühlte zehn Mal, bevor er Brianna schnappte, auf ihr fröhliches Kreischen mit einem volltönenden Lachen reagierte und sie auf seine Schultern setzte, damit sie mit seiner Hilfe die Weihnachtskugel dort anbringen konnte, wo ihrer Meinung nach der beste Platz war. Liv beobachtete das Spektakel mit einem durchdringenden Glücksgefühl in der Brust.

Währenddessen war Levi auf den Schoß seiner Mom gekrabbelt und schnappte sich mit seinen Patschehändchen einen Holzstern, den er sich sofort zwischen die Lippen schob. Sie schlang die Arme um ihren Sohn, küsste ihn auf den Kopf und zog ihm automatisch den Holzstern aus dem Mund. Erst nach wenigen Sekunden realisierte sie, welchen Baumschmuck sie in den Händen hielt, und schluckte gegen den plötzlich auftretenden Kloß in ihrem Hals an. Noch heute sah sie vor sich, wie Julian genau diesen Stern anlässlich des ersten Weihnachtsfestes mit Sammy an ihren damaligen Baum gehängt hatte.

Jenes Weihnachten war mittlerweile so viele Jahre her, dass es ihr wie ein anderes Leben vorkam, trotzdem konnte sie sich sogar daran erinnern, welchen Strampelanzug der wenige Monate alte Sammy getragen hatte.

Solche Erinnerungen trafen sie jedes Mal wie ein Schlag und brachten sie für Stunden völlig aus dem Konzept. Natürlich dachte sie täglich an ihren verstorbenen Sohn, doch in Situationen wie jetzt mischte sich unter das süße Gefühl der Dankbarkeit, wenigstens eine kurze Zeit, dieses wundervolle Kind um sich gehabt haben zu dürfen, auch die qualvolle Erkenntnis des unumgänglichen Verlustes. Genau diese Momente ließen sie nach Luft schnappen und ihren Magen verkrampfen. Am liebsten wäre sie weggerannt, hätte sich die Decke über den Kopf gezogen und sich in sich selbst verkrochen. Doch im Gegensatz zu früher wusste sie, dass sie diese Gefühle ertragen konnte, auch wenn es ihr furchtbar schwerfiel.

Daher atmete sie tief durch, schloss kurz die Augen und vergrub stattdessen die Nase im dunklen Haar ihres anderen Sohnes, der sich von seinem älteren Bruder so sehr unterschied und ihm gleichzeitig so ähnlich war. Beide Kinder waren völlig eigenständig, besaßen unterschiedliche Charaktere und konnten nicht miteinander verglichen werden. Mehr noch: Liv durfte sie nicht miteinander vergleichen. Sammy war ebenso einzigartig gewesen, wie es Levi nun war. Der anderthalbjährige Levi hatte es nicht verdient, im Schatten seines toten Bruders aufzuwachsen, und sollte sich niemals als Ersatz für das Kind fühlen, das seine Eltern vor Jahren auf so tragische Weise verloren hatten.

Als müsste sie dies dem Kleinen beweisen, der nichtsahnend auf ihrem Schoß herumhopste, drückte Liv ihn fast schon zu feste an sich und konnte sich glücklich schätzen, dass ihr Sohn nicht protestierte – war er doch mit einem unverwüstlichen Wesen ausgestattet.

Noch glücklicher schätzte sie sich, als genau in diesem Moment die Türklingel ertönte und sie sich mit dem Wonneproppen auf ihrem Arm erhob, um Zoeys Eltern ins Haus zu lassen, die mit strahlenden Gesichtern von der ersten Ultraschalluntersuchung kamen.

Die rothaarige Erin, der man das Anfangsstadium ihrer Schwangerschaft noch nicht ansehen konnte, überfiel Liv sofort mit einem Ultraschallfoto, das sie ihr glücklich schwenkend unter die Nase hielt, während sie ihr den grinsenden Levi abnahm. Eigentlich war Liv gerade nicht in der Verfassung, ihren Sohn aus den Händen zu geben, doch mit eiserner Entschlossenheit ignorierte sie rigoros das Loch, das sich in ihrem Magen auftat, und betrachtete das unscharfe Bild, auf dem sie selbst nach drei eigenen Schwangerschaften nichts erkennen konnte.

„Euren Gesichtern nach zu urteilen, sieht alles gut aus, oder?“

Tom stellte sich hinter seine Frau und imitierte das breite Grinsen, das Livs Sohn gerade ebenfalls zeigte. „Alles sieht perfekt aus. Die Ärztin ist verdammt zufrieden.“

„Dann sind wir es auch.“ Mit ehrlicher Freude beugte sich Liv vor und umarmte Erin. „Ich freue mich so für euch.“

Angesichts ihrer feuchten Augen, die sich jedoch nicht von den Freudentränen in den Augen der schwangeren Erin unterschieden, hob Tom seine dunkelblonden Augenbrauen in die Höhe. „Nanu? Ist mit dir alles in Ordnung?“

Hinter Liv ertönte Julians amüsierte Stimme, kurz bevor er ihr einen Arm um die Schultern legte und sie tröstlich an sich zog. „Um die Weihnachtszeit ist Liv immer ein wenig sentimental. Das liegt an all dem Süßkram, den sie sich einverleibt, wenn sie meint, dass ich es nicht sehe.“

„Du bist ein Quatschkopf“, warf sie ihm sanft vor und legte ihren Kopf gegen seine Schulter.

„Ich weiß.“ Er küsste sie kurz auf die Stirn und musterte ihre beiden Besucher fragend: „Wollt ihr zum Abendessen bleiben? Seit Liv zusammen mit Dupree diesen Kochkurs besucht, müssen wir sehr viel seltener den Lieferdienst anrufen.“

Da Liv die romantischen Sprüche ihres Göttergatten bereits gewöhnt war, tätschelte sie kurz seine Wange. „Bald bist du Hausmann und wirst alles zurückbekommen.“

„Baby, *ich* kann kochen.“

Anstatt ihm zu antworten, verdrehte sie die Augen und erklärte an das immer noch strahlende Ehepaar gewandt: „Es gibt Spaghetti mit Fleischklößchen.“

„Das ist sehr lieb.“ Erin setzte Levi auf dem Teppichboden ab und schüttelte bedauernd den Kopf. „Aber leider müssen wir nach Hause.“

„Ein anderes Mal sehr gerne“, setzte Tom hinzu. „Wir müssen uns leider beeilen, da Dupree vielleicht vorbeischauen wollte.“

Überrascht zuckten Livs Augenbrauen in die Höhe. „Ich dachte, dass seine Mom in New York ist. Deshalb hat er unseren gestrigen Kochkurs absagen müssen.“

„Ein Verlust, den ich nur schmerzlich verdaut habe“, ließ sich Julian todernst vernehmen. „Allein wollte Liv partout nicht gehen. Gestern hätte sie lernen können, wie man Fleisch anbrät, ohne dass es verkohlt.“

Er konnte von Glück reden, dass Liebe blind macht, entschied Liv, während sie ein kurzes Lachen nicht unterdrücken konnte. Über die Schulter suchte ihr Blick den seinen, bevor sie flüsterte: „Das bekommst du alles wieder.“

Zwinkernd nickte er. „Darauf baue ich, mein Schatz.“

„Ähm“, räusperte sich Tom belustigt. „Falls es euch interessiert: Dupree geht auf dem Zahnfleisch, da seine religiöse Mom die Hochzeit organisieren will. Ich denke, dass er ein wenig Zuspruch nötig hat.“

„Arme Sarah“, hielt Liv ihm entgegen. „Für eine Braut ist es der reinste Horror, wenn eine andere Person beginnt, sich in die Hochzeitsplanungen einzumischen.“

Auch Julian räusperte sich. „Wie ich gerade erfahren habe, benötigt auch Blake ein wenig Zuspruch.“

Sofort krächzte Tom: „Will der etwa auch heiraten?“

„Nein.“ Julian grinste breit. „Er will Weihnachten nicht mit Madisons Familie verbringen, der Feigling, und hatte geplant, sich zu uns abzusetzen. Wie ich erfahren habe, war Madison darüber nicht gerade erbaut und hat ihm die Hölle heißgemacht.“

„Lass mich raten.“ Liv spitzte den Mund zu einer gespielt nachdenklichen Miene. „Blake hat nachgegeben.“

„Bingo.“

„Bei Dupree gibt es keinen Krach zwischen ihm und Sarah. Sie scheint sehr genügsam zu sein, was die Hochzeit betrifft.“ Erin zog den Reißverschluss ihrer dunkelblauen Daunenjacke ein Stück herunter und fächelte sich etwas Luft zu. Liv konnte es ihr nicht verdenken. Draußen lag dicker Schnee und ein eisiger Wind jagte durch die Straßen, während es im Haus extrem heiß war.

„Also besteht Dupree auf einer aufwändigen Hochzeit?“ Julians Brust bebte vor Gelächter. „Er ist doch gar nicht der Typ, der einen Weddingplaner nötig hat.“

„Um die Hochzeit selbst geht es gar nicht, sondern um den Termin."

Erin nickte und zog die Mundwinkel hinunter. „Wie es scheint, lägen die einzigen Termine im Februar und März."

„Unmöglich", schaltete sich Julian ein, dessen Stimme jede Belustigung verloren hatte. „Der Superbowl ..."

„Ganz genau", ergänzte Tom und nickte nachdrücklich.

Liv konnte sich ungefähr denken, wohin die geheimnisvolle Kommunikation der beiden blondhaarigen Footballspieler lief, daher rief sie laut und deutlich in Richtung des hinteren Hauses: „Zoey, Schätzchen! Deine Eltern sind da."

Die andere Frau nickte mit einem verständnisvollen Seufzen. „Kannst du es auch nicht mehr hören?"

„Seit Julian seinen Rücktritt verkündet hat, meinen alle seine Teamkollegen ..." Ihr Blick suchte Toms, der unschuldig seine Hände hob. „... meinen *viele* seiner Teamkollegen, sich davon überzeugen zu müssen, dass er ihnen nicht abhandenkommt."

„Das ist doch irgendwie süß“, erwiderte Erin gerührt. „Die Jungs hängen an ihm.“

„Er ist die gute Seele des Teams“, stimmte Tom seiner Frau zu. „Ohne ihn wird es nicht mehr dasselbe sein. Julian ist nicht so leicht zu ersetzen.“

„Vielen Dank, Tomcat.“ Julian klang ziemlich zufrieden. „Wie schön zu erfahren, dass ich wenigstens bei euch wertgeschätzt werde.“

Auf die nicht ernst gemeinte Stichelei ihres Mannes ging Liv nicht ein, sondern verschränkte die Arme vor der Brust und erklärte in dem trockensten Tonfall, zu dem sie fähig war: „Irgendwann seid ihr alle nicht mehr in der Lage, Football zu spielen. Julian ist mittlerweile ein alter Sack. Wollt ihr ihn in ein paar Jahren etwa mit seinem Rollator aufs Feld schieben? Das wird euch dem Superbowl sicherlich nicht näher bringen.“

„Hör auf, Schatz“, säuselte Julian übertrieben. „Deine zärtlichen Worte sind ja geradezu herzerwärmend.“

„Außerdem wird es sicherlich noch ein paar Jahrzehnte dauern, bis er einen Rollator nötig hat“, warf Erin ein.

„Nicht, wenn es nach meiner Frau geht.“ Julian nahm Levi wieder auf den Arm und versetzte Liv einen liebevollen Stoß mit der Hüfte. „Sie wird mich daheim tyrannisieren und zur Arbeit peitschen, diese Sklaventreiberin. Ihr werdet schon sehen.“

„*Du* hast dich dazu entschieden, Hausmann zu sein, also leb damit“, wies sie ihn auf das Offensichtliche hin.

Das Lächeln, mit dem Julian sie bedachte, sagte ihr, dass er keine Probleme damit haben würde, vom aktiven Spielerstatus zum genügsamen Leben eines Hausmannes zu wechseln, worüber Liv nichts anderes als Erleichterung empfand. Es gab viele Sportler, die eine Existenzkrise durchmachten, sobald ihre Karrieren beendet waren, doch bei ihrem Mann war sie sich sicher, dass er seiner Footballzeit nicht allzu sehr hinterhertrauern würde.

„Er kann immer noch einen Job im Verein annehmen.“

„Ach, erst einmal werde ich damit beschäftigt sein, Brianna und Levi mit gutem Essen zu versorgen.“

Diese Stichelei ließ sie ebenfalls unkommentiert und verdrehte stattdessen die Augen.

„Ich finde die Idee gar nicht schlecht“, ließ sich auch Erin vernehmen. „Wenn du mit dem Footballspiel aufhörst, wirst du auch Hausmann, Tom“, entschied sie diktatorisch. „Dann kannst du uns jeden Morgen Waffeln machen.“

„Wunderbar“, schnaubte der blonde Tom abfällig. „Diese Zukunftsvision lässt mich schaudern. Du wirst aus allen Nähten platzen und ich stehe mit einer Schürze in der Küche.“

„Oje“, mischte sich Julian besänftigend ein. „Ein kleiner Tipp am Rande, Tomcat: Vor einer schwangeren Frau solltest du niemals so leichtfertig über Gewichtszunahme sprechen.“

Nun stieß Liv ihren Mann sanft mit der Hüfte an. „Einspruch, mein Lieber. Generell sollte man vor Frauen niemals leichtfertig über ihr Gewicht sprechen.“

„Pardon.“ Mit einem Zwinkern küsste er Levis Kopf.

Das Geplänkel mit Tom und Erin, die kurz darauf mit Zoey im Schlepptau verschwanden, hatte Liv von ihren düsteren Gedanken abgelenkt. Auch das Abendessen und anschließende Baden sowie Zu-Bett-Bringen der Kinder gestaltete sich wieder einmal so lebhaft, dass sie keine Zeit hatte, großartig nachzudenken. Doch kaum lag sie im Bett, musste sie an Sammy denken und erinnerte sich an das letzte Weihnachtsfest mit ihm, an dem sich niemand hätte vorstellen können, dass er ein Jahr später nicht mehr bei ihnen sein könnte. Er war ein so lebenslustiger, witziger kleiner Kerl gewesen, der vor Gesundheit und Entdeckungsdrang gestrotzt hatte. Wer wäre bei ihm bloß auf den Gedanken gekommen, dass er mitten aus dem Leben gerissen werden könnte?

Das wackelige Lächeln, das sie aufsetzte, als Julian aus dem Badezimmer kam und sich zu ihr unter die Decke legte, überzeugte nicht einmal sie.

Deshalb war es kein Wunder, als er sie fest an sich zog, seine Lippen auf ihre Stirn presste und ein tiefes Seufzen ausstieß.

„Ich weiß, dass es schwer für dich ist“, murmelte er verständnisvoll in die Stille ihres Schlafzimmers.

Liv musste nicht einmal fragen, woher er wusste, woran sie dachte. Mittlerweile konnten sie ineinander wie in einem Buch lesen.

Ebenso leise erwiderte sie: „Und ich weiß, dass es auch für dich nicht leicht ist.“

Er sagte erst einmal nichts und hielt sie einfach nur im Arm. Für Liv war es tröstlich, bei ihm zu liegen, ihr Ohr gegen seine Brust zu pressen und seinem Herzschlag zu lauschen, während sie nichts sagen musste. Sammys Verlust war ihr beider Verlust gewesen, auch wenn sie erst vor einigen Jahren begriffen hatte, dass sie ohne Julian nicht in der Lage war, ihr totes Kind zu betrauern.

„Vor ein paar Tagen kam ich an einem Spielzeugladen vorbei“, erklärte er unvermittelt und klang nicht weniger mitgenommen als sie. „Da sich Brianna diese Puppe wünscht, die pinkeln kann, dachte ich, dass ich nachsehen könnte, ob es sie dort gibt. Das Geschäft war brechend voll, die Puppe war ausverkauft und ich fand mich plötzlich in der Abteilung mit ferngesteuerten Autos wieder.“

„Mhm“, entgegnete sie vorsichtig und streichelte tröstend über seine Schulter, während sie sich an ihn schmiegte.

„Liv ...“ Für einen kurzen Augenblick befürchtete sie, dass seine Stimme brach, bevor er annähernd gefasst weitersprach. „Gleich neben mir stand ... stand ein Junge. Blond, mit grünen Augen und ungefähr 12 Jahre alt. Ich dachte, dass mir meine Fantasie einen Streich spielte, als sein Dad ihn dann auch noch *Sam* rief. Am liebsten hätte ich den Jungen gepackt und eine Blutuntersuchung gemacht, bis mir einfiel ...“

Unter Tränen holte sie tief Luft. „Julian ...“

„Liv.“ Seine Stimme bebte, während er sich auf die Seite drehte und ihr im Schein der Nachttischlampe eindringlich in die Augen sah. „Ich ... ich wusste ... ich meine, ich *weiß*, dass Sammy tot ist, aber in diesem Moment dachte ich, dass der Junge unser Sohn sein könnte ... dass Sammy heute genau so aussehen könnte.“

Ohne etwas dagegen tun zu können, begannen die Tränen zu fließen, die sie so mühsam unterdrückt hatte, seit Levi diesen dusseligen Holzstern in die Finger bekommen hatte.

„Wieso hast ... hast du mir das nicht erzählt, Julian?“

„Weil ich dich nicht aufregen wollte“, antwortete er leise und strich mit seinem Daumen ein paar Tränen beiseite. „Weil ich dich nicht unglücklich machen wollte.“

„Du machst mich nicht unglücklich“, flüsterte sie. „Du machst mich alles andere als unglücklich.“

Auch seine Stimme klang nach Tränen. „Er wäre jetzt zwölf Jahre alt, Liv. Unser Baby wäre zwölf."

In dem Bemühen, die Trauer nicht zuzulassen, die sich Bahn brechen wollte, zuckten ihre Schultern in einer Mischung aus Lachen und Weinen. „Eine zwölfjährige Version von dir und mir?"

„Oh Gott." Auch er lachte und weinte gleichzeitig. „Seine Lehrer würden einen Anfall bekommen, so stur und clever wie Sammy wäre, und die Mädchen würden ihm in Scharen hinterherlaufen."

„Meinst du ... meinst du, dass er bereits ein Mädchen geküsst hätte?"

„Vielleicht", erwiderte er weich. „Vergiss nicht, dass ich ein Spätzünder war."

„Genau wie ich." Liv konnte nichts gegen das verzweifelte Schluchzen tun, das aus ihrem Mund kam. „Ich will ihn nicht vergessen, Julian. Ich will nicht, dass ... dass er jemals denken könnte, dass wir ihn vergessen haben."

Mit der gleichen Verzweiflung, die sie empfand, drückte er sie eng an sich und murmelte belegt: „Liv, ich schwöre dir, dass wir Sammy ... dass wir Sammy niemals vergessen werden. Niemals.“

Ihre zitternde Hand legte sich auf seine Wange. „Lass uns ... uns die Tür aufschließen und die beiden holen, Julian. Heute Nacht brauche ich unsere Kinder hier bei uns.“

Er schloss die Augen und nickte, bevor er mit einem traurigen Lächeln erwiderte: „Das Gleiche wollte ich dir auch gerade vorschlagen.“

4. Kapitel

Zoey dabei zuzuschauen, wie sie voller Freude und Enthusiasmus mit Poppy und Pippa spielte, war für Erin das Größte. Das zuckersüße Kinderlachen, das durch die ganze Wohnung hallte, während die Kleine von den beiden winselnden Bulldoggen abgeleckt wurde, zauberte ihr ein Lächeln auf die Lippen, als sie eine dampfende Tasse Kaffee vor Dupree abstellte, dem die Frustration anzusehen war.

Zwar konnte Erin seine Gefühlsregung sehr gut nachvollziehen, immerhin wusste sie aus eigener Erfahrung, wie stressig eine Hochzeitsplanung sein konnte, doch war sie selbst momentan viel zu glücklich und aufgekratzt, um sich von seiner trübseligen Stimmung mitreißen zu lassen.

Ihrem Mann, der mit Dupree am Esstisch saß und sich genüsslich ein Plätzchen zwischen die Lippen schob, machte die bedrückte Laune seines Teamkollegen ebenfalls nichts aus. Er strahlte wie ein Honigkuchenpferd und schien vor lauter Freude fast zu platzen.

Erin konnte es ihm sehr gut nachempfinden. Im letzten Jahr waren sie beide zu Weihnachten regelrechte Trauerklöße gewesen, da Zoey die Feiertage bei ihrer Mom im Ausland verbracht hatte. Weihnachten ohne sein Knöpfchen war ihm unerträglich gewesen, und auch Erin hatte so empfunden, schließlich liebte sie seine Tochter, seit das kleine Mädchen sie vor anderthalb Jahren eine ganze Nacht wachgehalten und von oben bis unten vollgekotzt hatte. Damals war Erin noch Zoeys Kindermädchen und überhaupt nicht gut auf deren Vater zu sprechen gewesen, den sie für einen verantwortungslosen Mistkerl gehalten hatte. Heute war sie mit dem vermeintlichen Mistkerl von damals verheiratet und konnte sich nicht mehr vorstellen, ohne ihn oder seine blond gelockte Tochter zu sein, die ihr das Privileg einräumte, sie *Mama* zu nennen.

Vor genau einem Jahr waren Tom und Erin frisch verheiratet gewesen und hatten verzweifelt nach einer Ablenkung gesucht, um die Feiertage nicht in ihrer leeren Wohnung verbringen zu müssen. Das Weihnachtsfest ohne Zoeys strahlende Kinderaugen war tatsächlich kein Grund zum Feiern gewesen. In diesem Jahr war jedoch alles anders. Zoey war nicht nur bei ihnen und war das glücklichste fünfjährige Mädchen, das Erin kannte, sondern sie feierten das Fest der Liebe mit der Nachricht, dass im nächsten Jahr ein weiterer Erdenbürger zu ihrer Familie stoßen würde.

Noch immer konnte Erin nicht glauben, wie unfassbar glücklich sie sich schätzen konnte.

Noch vor zwei Jahren hatte sie die Nase von Männern gestrichen voll gehabt, war fast so weit gewesen, ihr Studium komplett abzuschreiben, und hatte Weihnachten daheim bei ihren Eltern gefeiert, was nur dazu geführt hatte, dass sie um neun Uhr abends vor lauter Frust betrunken ins Bett gefallen war. Mittlerweile hatte sie einen Mann, den sie wie wahnsinnig liebte, ihre Stieftochter bereitete ihr Tag für Tag Freude, das Studium hatte sie problemlos abgeschlossen und einen Halbtagsjob in einer Kinderklinik hatte sie auch.

Und sie erwartete ein Baby.

Da war es wirklich kein Wunder, dass sie am liebsten die ganze Welt umarmt hätte.

Nicht einmal solche stressigen Überlegungen, wohin sie ziehen sollten, wenn das Baby auf die Welt kam, oder ob sie ihren Job nach der Geburt aufgeben sollte, machten ihr in ihrer aktuellen Gefühlslage einen Strich durch die Rechnung. Jetzt wollte sie erst einmal die Feiertage genießen und sich auf das freuen, was im nächsten Jahr passieren würde.

Ihr Weihnachtsfest war bereits geplant und löste eine immense Vorfreude bei ihr aus. Da Erins Eltern einen Tag vor Heiligabend zu einer Kreuzfahrt aufbrechen wollten, würden sie drei ein gemütliches Fest ganz allein in ihrer Wohnung feiern, im Warmen vor dem Tannenbaum sitzen, Zoey dabei zusehen, wie sie mit ihren Geschenken spielten und ohne schlechtes Gewissen Pyjamas tragen und sich die Bäuche mit allen möglichen Köstlichkeiten vollschlagen.

Für Erin klang dies nach dem Himmel auf Erden. Dank ihrer anstrengenden Mutter, die wöchentlich eine neue Diät ausprobierte und jedes Mal resigniert aufgab, und ihrer nicht minder anstrengenden Schwester, die ebenfalls in anderen Umständen war und deshalb die ganze Familie auf Trab hielt, konnte sie es nicht erwarten, ein ruhiges Weihnachten zu erleben, das nicht in einem absoluten Familienchaos endete.

Glücklicherweise war Tom ganz ihrer Meinung. Auch er wollte ein ruhiges und vor allem gemütliches Weihnachtsfest ohne Stress verbringen, da die bisherige Saison anstrengend genug gewesen war. Die Titans hatten sich in die Play-offs gekämpft und würden im Januar all ihre Kräfte benötigen, um weiterzukommen.

„Wenn sich meine Mom nicht in den Kopf gesetzt hätte, dass Sarah und ich in Alabama heiraten müssen, dann wäre alles perfekt gewesen. Ich hatte bereits einen Termin im Auge, an dem ein wunderschöner Countryclub in Connecticut frei war, doch jetzt sind dort alle Wochenenden belegt."

Dass ein gefährlich wirkender Mann von Duprees Statur darüber jammerte, dass er keinen Hochzeitstermin fand, hatte schon eine eigene Komik. Von Natur aus besaßen Männer nur wenig bis gar kein Interesse an Hochzeiten – auch nicht an der eigenen –, sondern waren froh, wenn sie sich nach all den Zeremonien und unumgänglichen Traditionen gepflegt betrinken konnten. Dupree schien jedoch zu den seltenen Fällen zu gehören, die bei der Planung engagiert waren und sich im Vorfeld den Kopf zerbrachen. Beinahe hätten ihre Mundwinkel gezuckt. Dennoch hätte Erin niemals den Fehler gemacht, ausgerechnet diese Seele von Mensch deshalb aufs Korn zu nehmen. Dupree war nun einmal ein Sensibelchen unter der rauen Schale, das man sehr feinfühlig behandeln musste. Allein die Tatsache, dass seine Bulldoggen von ihm gehegt und gepflegt wurden, sagte genug über seinen Charakter aus.

Erin stieß daher einen tröstlichen Seufzer aus und setzte sich zu den beiden Männern an den Tisch. „Das tut mir leid. Hochzeitsplanungen sind extrem zeitaufwendig. Meine Schwester hat ihre Hochzeit fast anderthalb Jahre lang organisiert."

Anscheinend hatte sie genau das Falsche gesagt, da Dupree unter seiner dunklen Haut blass wurde. „Anderthalb Jahre?"

„Aber ja." Sie nickte. „Catering, Blumen, Fotograf, Band ..."

„Ich denke, Dupree weiß, was du meinst", fiel Tom ihr trocken ins Wort.

„Das Kleid nicht zu vergessen." Erin lehnte sich auf ihrem Stuhl zurück. „Frauen wollen schließlich ein besonderes Kleid zu diesem Anlass tragen."

Als sie Dupree kennengelernt hatte, war er wie ein Gangster-Rapper angezogen gewesen und hätte sie beinahe in Angst versetzt. Doch auch heute noch zuckte sie unweigerlich zusammen, wenn sich sein Gesicht verfinsterte, obwohl er weder diese furchtbare Tarnkleidung trug noch seine Zähne hinter auffälligem Schmuck versteckte.

„Sarah und ich legen keinen großen Wert auf solch einen Heckmeck. Wir wollen einfach nur heiraten."

„Leichter gesagt als getan." Tom zuckte mit der Schulter. „Willst du mir wirklich weismachen, dass ihr im ganzen nächsten Jahr kein Wochenende findet, an dem ihr heiraten könnt?"

„Wenn wir den Superbowl gewinnen ..."

Erin räusperte sich vernehmlich. „Einen möglichen Superbowlsieg würde ich erst einmal ignorieren."

„Dupree, sag deiner Mom, dass es zu aufwendig ist, in Alabama zu heiraten", schlug Tom pragmatisch vor. „Such dir irgendein Luxushotel aus, das einen Spa-Bereich hat, und mach es ihr schmackhaft, indem du erzählst, dass sie das ganze Wochenende Massagen haben kann."

Der jüngere Footballspieler, der seinen Spitznamen *Dozer* seiner bulligen Statur zu verdanken hatte, die einen sofort an einen Bulldozer denken ließ, schnaubte verächtlich. „Meine Mom bestellt nicht einmal Mineralwasser, weil sie es für eine Verschwendung hält, kein Leitungswasser zu trinken, Tom. Glaubst du wirklich, dass ich sie mit einer Luxusbehandlung in einem Spa überzeugen kann, Jesus zu vergessen?“

Allem Anschein nach hatte Dupree ziemlich viel Ehrfurcht vor seiner Mom. Niedlich war das schon.

Tom dagegen machte sich mal wieder mit seinem losen Mundwerk beliebt. „Was hat Jesus denn damit zu tun, wenn deine Mom sich eine Massage geben lassen würde?“ Eine blonde Augenbraue wanderte in die Höhe, als er gluckste: „Vielleicht könnten wir ihr einen jungen Masseur namens Jesus besorgen – so einen wie Madonna ihn hatte.“

Da Dupree nicht aussah, als wäre er zu Scherzen generell und ganz sicher nicht zu Späßen auf Kosten seiner Mom aufgelegt, trat Erin ihren Mann gegen das Schienbein und erhielt ein empörtes Luftschnappen.

„Aua!“

„Du bist nicht sehr hilfreich“, wies sie ihn zurecht und schaute Dupree an, der die Tischplatte betrachtete, als sei sie schuld an seiner derzeitigen Misere. „Muss es denn unbedingt die Gemeindekirche deiner Mom sein?“

Langsam sah er auf. „Mein zweiter Vorname ist Helwys, nach Thomas Helwys – dem Mitbegründer der Baptisten. Glaub mir, meine Mom nimmt ihre Religion sehr ernst.“

Gerne hätte sie ihm gesagt, dass seine Mom nun einmal akzeptieren musste, dass Dupree alt genug war und seine Hochzeit so gestalten konnte, wie er und Sarah es nun einmal haben wollten, doch da sie selbst mit einer Mutter gesegnet war, die meinte, sich in jede Angelegenheit ihrer Kinder einmischen zu müssen, hielt sie die Klappe. Vielleicht kam Dupree ja noch dahinter, dass er es nicht allen recht machen konnte.

Tom dagegen war weniger diplomatisch. „Es ist eure Hochzeit, Alter. Zieht sie so durch, wie ihr das wollt.“

„Aber ...“

„Bei unserer Hochzeit wollte Erins Mom, dass wir eine glutenfreie Torte ohne Gelatine bestellen.“

Die Erinnerung, zu welchen Diskussionen das Torten-Drama damals geführt hatte, ließ Erin noch heute erschaudernd die Augen schließen. Beinahe wäre ihre Hochzeit daran gescheitert, welche Torte sie den Gästen kredenzen sollten. Nächtelang hatte sie nicht schlafen können, weil sie befürchtet hatte, dass sich Tom von ihr trennen würde – nicht wegen der dämlichen Torte, sondern wegen der Aussicht, dass er eine Frau heiratete, die in späteren Jahren eventuell ähnliche Ticks wie ihre Mom entwickeln könnte.

Mit der Ahnungslosigkeit eines Mannes, der lieber gar nichts anstelle von fleischloser Küche aß, presste Dupree das Kinn auf seine Brust. „Was zum Teufel ist ein glutenfreier Kuchen?"

„Das weiß ich bis heute nicht!" Tom schüttelte sich wie im Fieberwahn. „Irgendwann habe ich meiner Schwiegermutter gesagt, dass sie sich zwischen Reiscrackern oder der Torte entscheiden könnte, die *wir* haben wollten."

Interessiert beugte sich Dupree vor. „Und?"

Beide Mundwinkel verzogen sich zu einer ironischen Grimasse. „Was wohl? Sie hat mindestens drei Stücke des Kuchens in sich hineingestopft, obwohl er voller Gluten und Gelatine war, und sie hätte noch mehr gegessen, wenn nicht die Gefahr bestanden hätte, dass sonst ihr Kleid platzte."

Das Gefühl, für ihre Mom in die Bresche zu springen, wurde übermächtig, sodass sie erklärend hinzufügte: „Sie hatte in der Woche vor der Hochzeit gefastet."

Toms Tonfall war so trocken wie die soeben erwähnten Reiscracker. „Liebling, deine Mom fastet *immer*."

Daran ließ sich nun einmal nicht rütteln, also wechselte sie lieber zügig das Thema und wandte sich wieder an Dupree. „Was sagt Sarah denn dazu, dass ihr in Alabama in einer Kirche heiraten sollt?"

Ungelenk zuckte er mit der Schulter. „Ihr ist es egal, wo wir heiraten."

„Junge Liebe", schwärmte Tom mit einem übertriebenen Seufzer, was ihm wiederum einen tadelnden Blick seiner Frau einbrachte.

„Dupree, willst *du* denn in Alabama heiraten?"

„Ich will nicht ein Jahr warten, um Sarah zu heiraten“, erklärte er ausweichend.

„Dann bleibt euch sicherlich nichts übrig, als nach Vegas durchzubrennen.“

Tom erwies sich heute wirklich nicht als besonders hilfreich, bemerkte Erin kopfschüttelnd, während Dupree kurz davor zu stehen schien, vor lauter Frustration seinen Kopf gegen die Tischplatte zu schlagen.

„Eine Hochzeit in Las Vegas? Meine Mom bekäme einen Herzinfarkt.“

„Dir ist aber schon klar, dass wir über eure Hochzeit und nicht die deiner Mom reden, oder Dozer?“

Missmutig runzelte Erin die Stirn und antwortete an Duprees Stelle. „Eigentlich ist es sehr süß, dass Dupree so viel Rücksicht auf seine Mom nimmt, Tom. Du könntest dir davon eine Scheibe abschneiden.“

Ungerührt lächelte ihr Mann. „Erstens nimmt Dupree nur Rücksicht auf seine Mom, weil er eine Heidenangst vor ihr hat, und zweitens habe ich meiner Mom ein grandioses Weihnachtsgeschenk geschickt.“

Erin kniff die Augen zusammen. „Ein Sephora-Gutschein ist *kein* grandioses Weihnachtsgeschenk, mein Lieber.“

Wie die Ruhe selbst nickte er ihr zu. „Dann stell dich lieber auf eine Enttäuschung ein, mein Schatz, weil auch du ein *grandioses Geschenk* bekommst.“

„Mir kannst du nicht drohen, Tom. Zoey hat mir längst erzählt, was ich zu Weihnachten bekomme“, bluffte sie, ohne mit der Wimper zu zucken.

Anscheinend funktionierte dies tadellos, weil er sich kerzengerade aufsetzte, den Kopf in die Höhe schießen ließ und sich ungläubig in Richtung Weihnachtsbaum beschwerte, wo seine Tochter mit den beiden Hunden spielte: „Zoey! Du solltest doch nicht verraten, dass Erin einen neuen Staubsauger zu Weihnachten bekommt!“

„Was?!“ Nun setzte sie sich kerzengerade auf und starrte ihren Mann entsetzt an. „Du schenkst mir einen Staubsauger?!“

„Hehe.“ Er lachte hinterhältig und verschränkte zufrieden die Arme vor der Brust. „Erwischt! Mich kannst du nicht so leicht austricksen.“

Bevor sie ihm diese Frechheit heimzahlen konnte, murrte Dupree düster: „Könnten wir uns wieder auf mein Problem konzentrieren?“

Tom erhob sich lässig und klopfte mit seiner Faust auf den Tisch. „Dein Problem ist, dass du dir in deine Hochzeit nicht reinreden lassen solltest.“

„Tom, es ist seine Mom“, wies sie ihren Mann zurecht.

„Aber er heiratet nicht seine Mom, sondern Sarah.“ Er hob seine Tasse an die Lippen und nahm einen Schluck Kaffee, bevor er ausführte: „Dozer, du bist erwachsen und solltest nicht einen Spaziergang mit deinen Teppichratten als Vorwand nehmen, um deiner Familie zu entkommen.“

Sein Teamkollege lehnte sich zurück und musterte seinen Kumpel schroff, während er drohend ausstieß: „Teppichratten?“

„Du bist heute wieder extrem charmant, Tom“, warf Erin ein, um die brenzlige Situation zu entschärfen. Poppy und Pippa vor Dupree zu beleidigen, war genauso schlimm, als hätte man ihm gesagt, dass sein Tackling unter aller Sau sei und er es lieber in der Jugendliga versuchen sollte.

Da Tom eine extreme Hundeallergie hatte und vor einigen Monaten einen Tag vor einem groß angelegten Werbeshooting, das auf den Bahamas stattgefunden hatte, wie ein Hefeklops aufgegangen war, weil Poppy und Pippa zu Besuch gekommen waren und seinen Pullover als Kuschelkissen benutzt hatten, war er auf die Hunde nicht besonders gut zu sprechen. Erin fand das Ganze zwar extrem albern und kindisch, jedoch musste auch sie zugeben, dass Tom auf den Nahaufnahmen des weltweit bekannten Parfumherstellers wie ein Hardcore-Kiffer ausgesehen hatte.

Auch jetzt waren seine Augen bereits glasig und seine Nase ähnelte der des berühmten Rentieres Rudolf.

„Jungs, es ist kurz vor Weihnachten“, unterbrach sie die beiden friedenstiftend. „Außerdem hatte ich heute einen so schönen Tag, dass ich ihn nicht damit beenden will, eure Blutspuren vom Boden zu wischen.“

„Nichts für ungut, Dozer. Du weißt doch, dass ich deine Hunde mögen würde, wenn sie nicht dafür verantwortlich wären, dass ich ersticke und einen pestartigen Ausschlag bekomme.“

Dupree, der sich normalerweise extrem bedeckt hielt, erwiderte lediglich: „Karma.“

Selbst nach einigen Aufmunterungsversuchen von Toms Seite blieb Dupree eingeschnappt und verschwand kurz darauf mit beiden Hunden im Schlepptau wieder aus der Wohnung. Erin hätte Tom gerne in den Hintern getreten, schließlich wusste er zu gut, wie empfindlich Dupree sein konnte. Erst als Zoey im Bett lag und sich Tom aufs Sofa verzogen hatte, hielt sie es für den richtigen Zeitpunkt, ihren Mann zu fragen, warum er auf Dupree hatte herumhacken müssen. Dafür schlüpfte sie in eine bequeme Yogahose, band sich ihr Haar zu einem Pferdeschwanz zusammen und zog eines seiner ältesten Sweatshirts an, das sie normalerweise immer dann trug, wenn er wegen seines Jobs für einige Tage unterwegs war. In dieser lässigen Aufmachung gesellte sie sich zu ihm, rückte ihm auf den Pelz und entwand ihm die Fernbedienung.

„Lass mich den Film sehen“, bat er flehentlich, machte jedoch keine Anstalten, ihr die Fernbedienung wieder aus der Hand zu nehmen.

Naserümpfend schaltete sie auf ihren liebsten Shoppingkanal. „Ich mag keine Filme, in denen Menschen von blutrünstigen Zombies quer durch Manhattan gejagt werden. Du weißt genau, dass ich dann nicht mehr schlafen kann.“

Gequält deutete er auf den Fernseher, der an der Wand hing und das Bild eines übergewichtigen Verkäufers mit definitiv zu vielen Botoxbehandlungen und viel zu viel Bräunungscreme zeigte, der sich protzige Ringe über den kleinen Finger schob, auf dem büschelweise Haare wuchsen. „Und du weißt, dass ich nach solchen Sendungen nicht mehr schlafen kann! Sind die Programmchefs dieser Sendungen nicht ganz dicht, ihren Schmuck ausgerechnet von solchen Typen anpreisen zu lassen? Welcher Mensch mit Verstand kauft da seine Ringe?“

Sie verschwieg ihm lieber, dass ihre Mom sogar ein Kundenkonto bei dieser Sendung besaß und die ganze Schmuckkollektion ihr Eigen nannte, sondern deutete mit ausgestreckter Hand in Richtung Fernseher. „Ich finde das Armband gar nicht schlecht."

„Abgesehen davon, dass es sich an einem Handgelenk befindet, das große Ähnlichkeit mit dem eines Orang-Utans hat, magst du recht haben."

Erin schaltete den Ton aus und legte die Fernbedienung außerhalb seiner Reichweite hin, bevor sie mit großer Liebenswürdigkeit fragte: „Kann es sein, dass du schlechte Laune hast, Tom?"

„Nein", erwiderte er sofort und legte einen Arm um ihren Rücken. „Natürlich habe ich keine schlechte Laune."

„Warum hast du dann Dupree vergrätzt?" Als sie den Kopf ein wenig nach hinten legte, berührte sie mit ihrer Wange seinen Oberarm und hätte vor lauter Wohlbehagen beinahe aufgestöhnt, sobald der saubere Geruch nach Mann ihr in die Nase stieg.

„Wieso sollte ich Dupree vergrätzt haben?"

Sie schnalzte mit der Zunge. „Vielleicht weil du ihn mehr oder weniger ein Muttersöhnchen genannt und seine Hunde als Teppichratten beleidigt hast. Du weißt doch, wie schnell er eingeschnappt ist."

„Ja, ich weiß“, seufzte er und lehnte sich ein Stück zurück, wobei er sie mit sich zog. „Ich hatte einfach wenig Geduld mit ihm.“

„Das habe ich bemerkt“, tadelte sie leichthin. „Dupree ist dein Kumpel und er hat ein Problem ...“

„Ein Problem, das keins wäre, wenn er nicht versuchen würde, es allen recht zu machen.“

Stirnrunzelnd hob sie den Kopf, um ihn nachdrücklich anzustarren. „Was soll das denn bedeuten? Dupree hat nun einmal eine enge Beziehung zu seiner Mom. Da ist es doch ganz natürlich, dass er sie mit in die Planung einbezieht. Außerdem geht uns das nun wirklich nichts an.“

„Ich wollte mir einfach nicht sein Gejammer anhören.“

Erstaunt öffnete sie den Mund. „Gejammer?“

„Jawohl! Gejammer“, sprudelte er hervor. „Wenn er Sarah heiraten will, soll er es einfach tun. Ihm kann es doch egal sein, wenn seine Mom beleidigt ist, weil sie nicht in ihrer Dorfkirche Hochzeit feiern.“

Schockiert schüttelte sie den Kopf. „Tom.“

„Ist doch wahr“, maulte er. „Er ist ein Mann und kein Kind.“

Erin merkte, wie sie ihn irritiert betrachtete und das verschlossene Gesicht musterte. „Was ist denn los, Tom?“

„Was soll los sein?“

„Verkaufe mich nicht für dumm. Irgendetwas stimmt doch nicht, obwohl ich keine Ahnung habe, was das sein soll, immerhin hattest du ebenso gute Laune wie ich, als wir von dem Arzttermin kamen.“ Nun war sie wirklich alarmiert, denn sein Verhalten war völlig untypisch für ihn.

Sein schöner Mund bewegte sich, bevor er die Luft ausstieß, die er angehalten hatte. „Es gibt andere Probleme auf der Welt als die Befindlichkeiten eines Profi-Tackles, der Schiss davor hat, seiner Mom zu sagen, dass er nicht nach ihrer Pfeife tanzen will.“

Fassungslos blinzelte sie und wusste nicht, ob sie lachen oder schockiert schweigen sollte. Von Tom war sie solche Worte nicht gewöhnt. Er war ein absoluter Luftikus, dem jede Ernsthaftigkeit abging, es sei denn, es handelt sich um seine Tochter. Dass ausgerechnet er davon sprach, dass es wichtigere Probleme als Duprees aktuelle Situation auf der Welt gab, machte sie sprachlos.

Als wolle er sich verteidigen, zog er seine Schultern hoch. „Verdammt, es geht doch nur um eine Hochzeit!“

„Aha“, entgegnete sie bedeutsam. „Und worum geht es dir?“

Sofort klang seine Stimme angriffslustig. „Abgesehen davon, dass einer meiner besten Kumpel bald Hausmann wird und seinen Job aufgibt ...“

Jetzt musste sie tatsächlich lachen. „Schieb Julian nicht vor. Ihm geht es fabelhaft, was jeder nur allzu gut sehen kann. Außerdem macht er nicht den Eindruck, als wäre er besonders unglücklich, bald seine ganze Zeit mit seiner Familie verbringen zu können. Dir geht es doch um etwas anderes.“

Als er nichts sagte, befreite sie sich von seinem Arm und kroch aus seiner Umarmung heraus, um sich im Schneidersitz auf die Couch zu setzen. Obwohl er halb auf dem Sofa lag, waren ihre Köpfe fast auf einer Höhe.

Mit einer Unsicherheit, die sie im Umgang mit ihrem Mann nicht kannte, schluckte sie und nagte auf ihrer Unterlippe herum. „Freust du dich nicht auf das Baby?“

„Doch!“ Augenblicklich saß er neben ihr und nahm ihre beiden Hände in seine. „Natürlich freue ich mich, Erin! Ich bin furchtbar glücklich.“

„Dann verstehe ich nicht, was mit dir los ist.“ Sie maß ihn nachdenklich. „Warum maulst du Dupree an und schimpfst über Schmuckverkäufer im Fernsehen oder diese zuckersüßen Bulldoggen?“

„Weil ich wütend auf mich selbst bin“, erwiderte er, während seine Schultern hinabsanken.

„Das musst du mir erklären“, verlangte sie eindringlich und legte ein Bein über seine Schenkel. Dass er ihre Hände losließ und gedankenverloren über ihren Oberschenkel streichelte, hielt sie für ein gutes Zeichen.

Seufzend verzog er den Mund, legte seinen Kopf schief und schaute sie nachdenklich an. „Unser Baby ist gerade einmal so groß wie eine Fingerkuppe und dennoch habe ich mir bereits hundertmal mehr Gedanken um unseren Nachwuchs gemacht als über Zoey während ihrer ersten vier Lebensjahre. Sie wird bald sechs und ist ein kluges Mädchen. Wie soll ich ihr erklären, dass ich sie ständig vernachlässigt habe, aber bei diesem Baby von Anfang an alles daran setze, dass es glücklich ist?“

Nach einem kurzen Moment holte sie Luft und wollte mit weicher Stimme wissen: „Ist das der Grund, weshalb du Dupree so angepöbelt hast?“

„Ich würde es nicht *pöbeln* nennen“, widersprach er missmutig. „Aber wie soll ich mir diesen Hochzeitskram anhören, wenn ich mir vorstelle, dass Zoey mich irgendwann für einen schlechten Dad halten könnte, weil ich unser Baby von Anfang an liebe, es bei ihr jedoch nicht getan habe?“

Erin brachte ein besänftigendes Lächeln zustande. „Er ist dein Freund, Tom. Allein deshalb solltest du dir diesen Hochzeitskram anhören.“

„Hast du nicht gehört, was ich dir wegen Zoey gesagt habe?“

„Doch, aber deine Sorge ist völlig unbegründet.“ Ihre Hand legte sich auf seine, um zärtlich über seinen Handrücken zu streicheln. „Zoey ist fünf Jahre alt und vergöttert dich, Tom. Das wird sich in zehn Jahren nicht ändern.“

„Aber ...“

„Hey.“ Automatisch rückte sie näher und lächelte weich. „Mach dir keine Sorgen. Zoey wird sich später an eine Kindheit erinnern, in der sie einen Dad hatte, der ihr morgens Waffeln machte, sie Knöpfchen nannte und ihr die coolsten Spielkameraden besorgte, die man sich nur vorstellen kann. Welches Kind kann schon von sich behaupten, inmitten eines Footballteams aufgewachsen zu sein?“ Sie verdrehte die Augen. „Und wenn ihr Vater wieder zur Vernunft kommt, darf sie vermutlich sogar auf der Hochzeit ihres besten Freundes das Blumenmädchen sein.“

Da er immer noch nichts sagte, legte sie ihm die Arme um den Hals. „Deine Sorge ehrt dich, aber du solltest dir darüber nicht den Kopf zerbrechen. Zoey weiß genau, dass du sie liebst, und ist großherzig genug, um keinen Gedanken daran zu verschwenden, ob du während ihrer ersten vier Lebensjahre selten oder oft bei ihr warst, falls sie sich daran überhaupt erinnern kann.“

„Schon möglich, aber *ich* weiß es“, betonte er. „Ich weiß, dass ich anfangs kein guter Vater war.“

Sie ließ ihm gar keine Zeit, dies weiter auszuführen. „Aber du bist jetzt ein guter Vater, und nur das zählt.“

„Erin ...“

„Zoey ist glücklich. Und du hast früh genug begriffen, was du an ihr hast. Ganz sicher musst du dir keine Vorwürfe machen.“

„Mhm“, grummelte er nachgiebig. „Und was Dupree betrifft?“

„Da solltest du dich vielleicht entschuldigen.“

„Aber ...“

„Tom“, unterbrach sie ihn und bemühte sich um einen leichtfertigen Tonfall. „Ich bin eine schwangere Frau, extrem liebesbedürftig und sehr reizbar, wenn mir jemand widerspricht.“

Langsam begann ein nicht zu leugnendes Interesse in seinen Augen zu funkeln. „Und das heißt?“

„Das heißt, dass ich jetzt entweder in Ruhe die Shoppingsendung schauen kann oder von meinem Mann ins Bett gebracht werde, wo er mich ausziehen und ein paar sehr unartige Dinge mit mir machen darf.“

Keine fünf Sekunden später erlosch der Fernseher.

Erin hätte es sehr gewundert, wenn sich Tom anders entschieden hätte.

5. Kapitel

Dupree hörte mit einem Ohr zu, wie seine Mom mit Sarahs Mutter über die Zubereitung von Marmelade sprach, während Sarah neben ihm in ein amüsiertes Lachen ausbrach und mit seiner jüngsten Schwester Tabby den Plan schmiedete, nach ihrem Essen am Rockefeller Center Schlittschuh laufen zu gehen.

Was die restlichen Gespräche am Tisch betraf, war er völlig ahnungslos, da er sich auf sein Handy konzentrierte und stirnrunzelnd die Mails durchging, die beinahe minütlich bei ihm eingingen. Eigentlich hatte er dieses familiäre vorweihnachtliche Essen seit Wochen geplant, immerhin kam es nicht alle Tage vor, dass neben Sarahs ganzer Familie auch seine anwesend war, doch jetzt konnte er weder den Besuch seiner Gäste noch die herzhaften Vorspeisen genießen, sondern las eine Absage nach der nächsten.

Frustriert stand er kurz davor, laut zu fluchen.

Allein die Anwesenheit seiner Mutter, deren Ohren sogar das Hörvermögen einer Fledermaus übertrafen, hielt ihn davon ab, das auszusprechen, was ihm auf der

Zunge lag. Sie war der Meinung, dass keines ihrer Kinder jemals alt genug sein würde, um nicht die Ohren lang gezogen zu bekommen, und da Dupree sicherlich nicht vor versammelter Mannschaft für sein Fehlverhalten gerügt werden wollte, unterdrückte er jeden Fluch wohlweislich.

Dennoch war es nicht zu leugnen, dass er von Tag zu Tag unruhiger wurde. Er wollte Sarah heiraten, und das nicht erst in einem Jahr, sondern in den nächsten Monaten. Leider schien ihm das Schicksal einen Strich durch die Rechnung machen zu wollen. Vor ein paar Tagen hatte er noch einen ungefähren Termin im Auge gehabt und einen perfekten Veranstaltungsort ausgesucht, der Sarah ganz sicher gefallen hätte, doch dann hatte seine Mom am Telefon getobt, als sie davon erfahren hatte, dass sie nicht planten, bei ihr in Alabama zu feiern. Wenn er ehrlich war, gefiel ihm die Vorstellung, in der baufälligen Kirche seiner Heimatstadt zu heiraten, die Jahr für Jahr von einer Mäuseplage heimgesucht wurde, nicht sehr gut. Der Tag, an dem er Sarah heiratete, sollte nicht davon überschattet werden, dass hinterwäldlerische Kirchengänger kollektiv in Ohnmacht fielen, weil er eine blondhaarige Weiße heiratete. Nur konnte er dies seiner Mutter nicht sagen, ohne das Risiko einzugehen, dass sie kein Wort mehr mit ihm sprach.

Auch wenn ihm dies momentan sehr verlockend erschien, schließlich war ihre Forderung, in ihrer Gemeinde zu heiraten, schuld daran, dass sein wunderbarer Plan über den Haufen geworfen worden war.

Mit der Gemeinde seiner Mom hatte er nichts am Hut. Sarah und er interessierten sich nicht für die Kirche und mussten auch nicht von einem Pfarrer verheiratet werden. Zu ihnen beiden hätte es viel eher gepasst, in einer Bibliothek zu heiraten, da einer wie der andere ein absoluter Bücherwurm war.

Sarahs perlendes Lachen riss ihn für einen Moment aus seinen finsteren Gedanken heraus und ließ seine Mundwinkel zucken, während er einen Blick auf ihren blonden Scheitel warf und mit pochendem Herzen bemerkte, dass sie die zierlichen Ohrringe trug, die er ihr zu ihrem letzten Geburtstag geschenkt hatte. Wie immer schaffte es ihr Anblick, dass er sich sofort besser fühlte und sich auf das besann, was wichtig war. Er wollte ihr

Mann werden – als Zeichen dafür, den Rest seines Lebens mit ihr zu verbringen. Bei manchen Menschen mochten dies leere Phrasen sein, doch ihm war es ernst damit.

Tatsächlich konnte er es kaum abwarten, sie zu heiraten, und war deshalb so frustriert über die aktuelle Situation, weil die Aussicht auf eine lange Wartezeit alles andere als verlockend war. Als Traditionalist, der er war, obwohl das die wenigsten Menschen von ihm erwartet hätten, war er der Meinung, dass es sich gehörte, die Frau zu heiraten, die er liebte und mit der er Kinder bekommen wollte.

Als sein Handy schon wieder einen surrenden Laut ausstieß, senkten sich seine Augen automatisch auf das Display.

Die gefühlte hundertste Absage an diesem Tag ließ ihn zwar nicht fluchen, aber mit einem ärgerlichen Brummen das Handy auf den Tisch legen, womit er die Aufmerksamkeit seiner Verlobten, seiner jüngeren Schwester sowie seiner zukünftigen Schwiegermutter und seiner eigenen Mutter auf sich zog, die tadelnd die dünn gezupften Augenbrauen zusammenzog.

„Dupree Helwys Williams“, schalt sie ihn. „Was ist das für ein Benehmen? Leg das Ding weg und unterhalte dich mit uns.“

„Ja, Ma’am“, erwiderte er automatisch und schob sein Handy in die Hosentasche. Augenblicklich machte er sich daran, ein paar Vorspeisen auf seinen Teller zu laden, um einem Gespräch über die Hochzeitsplanung aus dem Weg zu gehen.

Tabby sah ihn interessiert an. „Schon wieder eine Absage?“

Er nickte missmutig, wollte jedoch nicht weiter darauf eingehen, um die Neugierde seiner Mom nicht zu wecken. Sollte sie erfahren, dass er nun doch nach einem Veranstaltungsort außerhalb von Alabama suchte, wäre der weihnachtliche Frieden dahin.

Sarahs besorgter Blick, den er auf seinem Gesicht spürte, sagte ihm, dass auch sie genau wusste, worüber sie sprachen.

Nur ihre Mom war nicht im Bilde und fragte daher leichthin: „Absage? Hast du etwas Besonderes geplant, Dupree?“

Seufzend zuckte er mit der Schulter. „Es geht um die Hochzeit.“

Sarah legte ihm eine Hand auf das Knie, lächelte schwach und erklärte ihrer Mom. „Dupree ist damit beschäftigt, einen Termin zu finden. Bis jetzt hatten wir nicht besonders viel Erfolg.“

Ihre Mom, eine sehr engagierte Onkologin, die immer pragmatisch dachte, schaute sie beide mit einem warmen Funkeln in den Augen an. „Das ist ja auch kein Wunder, schließlich seid ihr beide viel beschäftigt.“ Sie nickte ihm zu. „Das Team spielt zurzeit ja in Hochform. Wenn ihr im Februar den Superbowl gewinnen solltet, steht euch ein aufregendes Jahr bevor.“

Neben ihm entschlüpfte seiner Verlobten ein kicherndes Prusten. „Mom, seit wann kennst du dich denn bitte schön im Football aus?“

Mit einem breiten Grinsen antwortete die ältere Frau: „Seit ich an jedem elendigen Sonntag von deinen Brüdern dazu gezwungen werde, mir die Titans anzuschauen. Die beiden sind völlig aus dem Häuschen, dass ihr zukünftiger Schwager ein NFL-Superstar ist.“

Das Lob ging ihm völlig ab. Viel eher musste er sich auf sein nervöses Augenlidzucken konzentrieren, das eingesetzt hatte, als Sarahs Mom von einem elendigen Sonntag gesprochen hatte. Den Sonntag als elendig zu beschreiben, fiel ganz eindeutig unter Blasphemie. Während er darauf wartete, dass sich der Zorn Gottes in Form seiner wutschnaubenden Mutter über sie entlud, hielt er den Atem an.

Doch merkwürdigerweise beschränkte sich die Reaktion seiner Mutter auf ein kaum merkliches Naserümpfen.

„Dass ich meine Hochzeit an die Saisonplanung der Football-Liga anpassen muss, hätte ich in meinen kühnsten Träumen nicht geahnt", ließ sich Sarah neben ihm scherzhaft vernehmen.

Tabitha zuckte mit der Schulter. „Mittlerweile bin ich es gewöhnt, dass ich mir zuerst den Spielplan anschaue, bevor ich überhaupt auf den Gedanken komme, Dupree zu fragen, ob er an einem bestimmten Tag Zeit hat."

Er verzog das Gesicht zu einer missmutigen Miene und betrachtete seine jüngste Schwester nachdenklich. „Für dich habe ich immer Zeit, Tabby."

„Ich weiß." Sie deutete mit dem Kinn auf Sarah und hatte ein fröhliches Glitzern in den Augen. „Sie hat gerade erst deinen Heiratsantrag angenommen, Dupree. Willst du sie jetzt wirklich schon vergraulen, indem du deinen Job vor eure Hochzeit stellst?"

Glücklicherweise besaß Sarah ein unglaublich genügsames Wesen, da sie ihre Hand durch seinen Arm schob und in die Runde erklärte: „Ich habe ihn singen gehört und bin trotzdem immer noch da. So schnell wird er mich nicht vergraulen können."

„Hast du ein Glück, Bruderherz."

Als müsse sie seine Ehre verteidigen, schmiegte sie sich an seine Seite und erwiderte leichthin: „Dupree nimmt seinen Job im Team sehr ernst. So soll es auch sein. Deshalb ist es auch gar nicht schlimm, wenn wir unseren Hochzeitstermin auf die Saison abstimmen müssen."

„Außerdem seid ihr doch erst seit ein paar Monaten verlobt", warf seine zukünftige Schwiegermutter ein und zwinkerte. „Lasst euch mit der Hochzeit ruhig Zeit und stresst euch nicht. Selbst wenn ein Baby unterwegs sein sollte, wäre das nun wirklich kein Grund, auf so einer Hast zu bestehen.“

Mochte die Erwähnung eines *elendigen Sonntages* seine Mutter nicht aus ihrer ungewohnt zurückhaltenden Stimmung herausgerissen haben, hatte die Erwähnung eines unehelichen Enkelkindes den genau gegensätzlichen Effekt.

Abrupt saß sie kerzengerade auf ihrem Platz und rang nach Worten, wobei ihr Doppelkinn vor lauter Empörung wackelte.

„Ein Baby?“

Alarmiert schüttelte er den Kopf und fühlte sich in die Zeit zurückversetzt, als er mit sechs Jahren einen Lolli in dem winzigen Supermarkt am Ende ihrer Straße gestohlen hatte. Damals war er ebenfalls vor Angst erstarrt gewesen, als seine Mom in das Geschäft gewalzt gekommen war und sich wutschnaubend vor ihm aufgebaut hatte.

„Oh mein Gott, Sarah“, jauchzte Tabby aufgeregt. „Bist du etwa schwanger?“

„Nein“, entgegnete Sarah und verdrehte die Augen, bevor sie ihre Mutter tadelte. „Vielen Dank für diese Steillage, Mom. War das denn nötig?“

Im Gegensatz zu Tabby, die enttäuscht zurücksank, war seine Mom noch immer nicht beruhigt, da sie ihn streng fixierte.

„Dupree, ihr werdet kein uneheliches Kind bekommen. Hast du mich verstanden?“

„Mama.“ Seufzend fuhr er sich über sein Gesicht. „Sarah ist nicht schwanger.“

„Um Himmels willen.“ Sie fächerte sich mit der flachen Hand Luft zu. „Nicht auszudenken ...“

Sarahs Mutter stieß sie gutmütig in die Seite. „Die Kinder sind verrückt nacheinander, Maida. So ein kleines Enkelchen wäre doch schön, oder nicht?“

„Aber doch nicht unehelich!“

„Da ich nicht schwanger bin, erübrigt sich diese Diskussion“, insistierte Sarah ruhig.

Ihre Mom, die extrem liberal war, wie Dupree schon am eigenen Leib erfahren hatte, als sie Themen in versammelter Runde angesprochen hatte, bei denen er über und über rot geworden war, tätschelte seiner Mom begütigend die Hand. „Natürlich sähe ich Sarah gerne vorher in einem Brautkleid, aber falls jetzt ein Baby unterwegs wäre, hätten wir alle es doch auch lieb, wenn es vor der Hochzeit geboren würde."

„Natürlich hätte ich es lieb, aber ..."

„Eine Hochzeit ändert doch nichts daran, ob wir das Baby lieb haben. Wenn die Kinder noch ein wenig ihre Freiheit genießen wollen, ist das doch ihre Sache."

Dupree knirschte mit den Zähnen. Erstens war er kein Kind und zweitens wollte er keine Freiheit genießen, sondern Sarah heiraten. Das wäre normalerweise auch kein Problem, wenn nicht der Umstand wäre, dass jemand darauf zu bestehen schien, dass sie in einer baufälligen Kirche heiraten sollten, in der nicht einmal Landstreicher bei strömendem Regen übernachten wollten.

„Bevor man ein Kind in die Welt setzt, sollte man vor den Augen Gottes verheiratet sein", stellte seine Mutter fest. „Außerdem könnte das Kind nicht getauft werden, wenn die Eltern in Sünde leben."

„In Sünde?" Sarahs Mom prustete vor Lachen. „Maida, das klingt vorsintflutlich."

„Unser Pfarrer würde sich weigern, ein Baby zu taufen, wenn die Eltern nicht verheiratet sind.“

Obwohl sie im Red Lobster saßen, schien sich das Tischgespräch zu einer ausgewachsenen religiösen Debatte zu verwandeln. Genau davor hatte Dupree Angst gehabt, als er seine Mutter vom Flughafen abgeholt und sich angehört hatte, dass sie von der ganzen Familie erwartete, zu einer zweistündigen Weihnachtsandacht in eine Kirche in Queens zu gehen.

„Das klingt ja wie im Mittelalter“, schaltete sich Sarahs Mom wieder ein.

„Außerdem wäre unser Pfarrer gar nicht glücklich, wenn er ein Paar trauen müsste, das bereits ein Kind erwartet.“

„Ähm ... für den Fall, dass ihr mich nicht gehört habt“, wagte sich Sarah wieder vor und schien sich um einen belustigten Tonfall zu bemühen. „Ich bekomme kein Baby.“

Stirnrunzelnd legte Annie Matthews den Kopf schief und musterte ihre Tochter verwirrt. „Du hast mir gar nicht erzählt, dass ihr kirchlich heiraten wollt.“

„Natürlich werden sie kirchlich heiraten.“ Seine Mutter nickte wie selbstverständlich. „Es ist schon alles organisiert. Sie werden von unserem Gemeindepfarrer in Mobile getraut.“

Dupree sah sich gezwungen, nun ebenfalls etwas einzuwenden. „Mama, es ist noch nichts entschieden. Wir haben ja nicht einmal einen Termin.“

„Wolltet ihr nicht im Sommer heiraten?“

„Das geht nicht, da im Sommer unsere Kirche renoviert wird.“

Allzu deutlich spürte er, wie gleich hinter seiner linken Schläfe ein stechender Schmerz einsetzte.

Annie Matthews klang ratlos. „Wann wollt ihr denn dann heiraten? Im Frühling bin ich auf mehreren Kongressen. Außerdem wird Harry für seine Prüfungen lernen müssen.“

„Und ich mache ein Praktikum in Europa“, warf nun auch Tabby ein. „Wagt nicht, ohne mich zu heiraten, sonst bekommt ihr Ärger.“

„Dupree, ich möchte dich nicht tadeln, aber eine Hochzeitsvorbereitung ist kein Pappenstiel.“

Das wusste er selbst und hielt lediglich seinen Mund, weil Sarah warnend seine Hand drückte. Während sie beide schweigend nebeneinandersaßen, redeten die drei anderen Frauen noch immer wie wild durcheinander und machten Pläne zu ihrer Hochzeit, die sie eigentlich gar nichts anging. Wäre der unsinnige Vorschlag seiner Mutter nicht gewesen, unbedingt in Alabama heiraten zu müssen, dann könnten sie jetzt bereits ihren Termin bekanntgeben. So war das Datum jedoch vergeben worden und der hübsche Countryclub stand nicht mehr zur Verfügung – genauso wie jedes andere Hotel, das für sie infrage gekommen wäre.

„Der August ist sowieso viel zu heiß."

„Außerdem sind für diese Zeit bereits jetzt die Hotels in unserer Gegend ausgebucht. Ich habe dort schon angefragt ..."

„Die Bands werden ebenfalls längst gebucht sein und nicht mehr zur Verfügung stehen."

„Einen vernünftigen Fotografen bekommt man auch nicht auf die Schnelle."

Sarah stieß einen genervten Seufzer aus. „Dupree und ich wollen einfach nur heiraten. Am besten noch in diesem Jahrzehnt, schließlich möchte ich so lange dann doch nicht auf das Kinderkriegen warten müssen."

Seine Mom reckte das Kinn vor. „Wie habt ihr beiden euch das denn vorgestellt? So werdet ihr niemals einen Termin finden, an dem die ganze Familie nach Alabama kommen kann."

Er knirschte mit den Zähnen. „Mama, wir hatten einen Termin und einen Veranstaltungsort, aber dann wolltest du unbedingt, dass wir in deiner Kirche in Alabama heiraten."

„Bin ich jetzt etwa schuld daran, dass ihr die Hochzeit noch nicht organisiert habt?"

„Mama", erklärte nun auch Tabby geduldig. „Duprees Saison beginnt im Herbst und die Kirche wird im Sommer renoviert ..."

„Ich möchte nun einmal, dass mein Sohn von einem Pfarrer getraut wird." Maida Williams nickte nachdrücklich. „Und ich möchte, dass die Familie dabei ist."

„Aber ich werde im Frühling außer Landes sein ..."

„Pfarrer gibt es doch auch in New York", warf zu aller Überraschung Sarahs Vater ein, der anscheinend die

Diskussion ebenso schweigend verfolgt hatte wie das verlobte Paar, um das sich das Gespräch drehte. „Und die ganze Familie ist anwesend. Warum heiraten sie nicht jetzt zu Weihnachten?“

„Dad“, warf Sarah kopfschüttelnd ein. „So einfach geht das nicht.“

„Warum nicht?“

„Warum nicht?“ Ungläubig öffnete sie den Mund, bevor es aus ihr herausbrach. „Wir brauchen eine Kirche, einen Saal, Essen ...“

„Das Kleid nicht zu vergessen.“

„Ganz genau“, stimmte sie Tabitha zu. „Ich bräuchte ein Kleid!“

An seinem zukünftigen Schwiegervater schätzte Dupree ganz besonders die Ruhe, die er im Umgang mit leicht hysterischen Frauen ausstrahlte, die nun wild schnatternd über die Beschaffenheit von Hochzeitskleidern zu sprechen begannen.

„Mein Junge.“ Gutmütig schlug er ihm auf die Schulter. „Ich dachte, du seist eine lokale Berühmtheit. Da sollte eine Kleinigkeit wie eine Hochzeit doch problemlos innerhalb weniger Tage zu organisieren sein, oder?“

6. Kapitel

Gähnend eine Tür aufzumachen und dem säuerlichen Gesicht eines Cheerleaders gegenüberzustehen, war leider Gottes keine Neuheit für Blake, doch normalerweise hatte er immer gewusst, was er ausgefressen hatte, wenn eine der Pompons schwingenden Frauen wütend auf ihn gewesen war.

Meistens war es darum gegangen, dass er mit ihnen geschlafen und sich anschließend nicht mehr bei ihnen gemeldet hatte. Oder die Weiber waren beleidigt gewesen, weil er außer mit ihnen auch noch mit anderen Pompons schwingenden Frauen aus dem gleichen Team geschlafen hatte. Manchmal waren sie auch wegen beidem auf ihn losgegangen.

Diese Form der Kommunikation war ihm nicht schwergefallen. Oder anders gesprochen: Er war ein Meister darin gewesen, leichtgläubige Cheerleader in sein Bett zu bekommen und sie anschließend geflissentlich zu ignorieren. Ob er sich dafür schämen musste, wusste er nicht, um ehrlich zu sein. Niemals hatte er einer von ihnen irgendetwas versprochen oder vorgegeben, auf der

Suche nach seiner einzig wahren Liebe zu sein, sondern hatte von vornherein klipp und klar gesagt, dass Sex bei ihm eine einmalige Sache war. Wenn sie im Nachhinein damit nicht klargekommen waren, war es nicht sein Problem gewesen, dachte er völlig pragmatisch. Sein Motto war stets gewesen, die Frauen möglichst schnell in sein Bett zu bekommen und genauso schnell wieder hinaus zu befördern. Bis auf kleine Unstimmigkeiten, die er damit geregelt hatte, ihnen die Tür vor der Nase zuzuschlagen, war er mit seiner Einstellung gut gefahren. Bis er Madison begegnet war.

Mit ihr war es keine einmalige Sache gewesen, die er vergessen hatte, sobald er morgens unter der Dusche gestanden hatte. Von ihr hatte er mehr gewollt und es nach einem schwierigen Anfang auch bekommen. Bis vor einigen Monaten wäre er in volltönendes Gelächter ausgebrochen, wenn man ihm gesagt hätte, dass er eine ernsthafte Beziehung zu einer Frau führen würde und gleichzeitig nicht den Drang verspürte, von einer Brücke zu springen. Zwar könnte er ihr manchmal am liebsten den Hals umdrehen, aber noch sehr viel lieber zog er ihr die Klamotten aus und war trotz allem unendlich dankbar darüber, mit jemandem Weihnachten feiern zu können, der ihm alles bedeutete.

Mittlerweile hatte er die Cheerleader vergessen und konzentrierte sich nur noch auf die Frau, die ihm geradewegs auf den Kopf zusagte, wenn ihr etwas nicht passte.

Der einzige Cheerleader, dem er jedoch leider nicht die Tür vor der Nase zuschlagen konnte, war Madisons Cousine Taylor, die ihn einfach nicht leiden konnte, auch wenn er keine Ahnung hatte, woher das kam, schließlich hatte er sie niemals angerührt. Verdammt, er hatte nicht einmal mit ihr gesprochen und war demnach auch nicht imstande gewesen, sie zu beleidigen. Was also sollte er ausgefressen haben, dass sie ihn jedes Mal mit ihren Blicken erdolchte, sobald sie sich sahen?

Auch jetzt blitzten ihre Augen wütend auf, sobald er die Tür öffnete und sie erwartungsvoll ansah. „Ist meine Cousine da?“

Während er ein Gähnen unterdrückte, trat er auf das andere Bein und erwiderte zuvorkommend: „Dir auch einen schönen guten Morgen, Taylor.“

Die blondhaarige Taylor kniff als Erwiderung seines freundlichen Grußes lediglich biestig die Augen zusammen. „Ist sie nun da oder nicht?“

Entnervt rieb er sich mit einer Hand müde über das Gesicht. „Sie schläft noch. Genauso wie ich vor zwei Minuten.“

„Es ist neun Uhr durch“, entgegnete die angehende Zahnärztin so tadelnd, dass sich Blake wie in diesem Benimm-Kurs vorkam, den er vor einigen Jahren auf Wunsch seines Sponsors belegt hatte, nachdem er bei einer Gala das falsche Besteck zum falschen Gang benutzt und sich auch sonst ziemlich danebenbenommen hatte. Der Benimm-Kurs war an ihn ebenso verschwendet gewesen, wie es jetzt jedes freundliche Wort an Madisons Cousine gewesen wäre.

Aus diesem Grund zuckte er lediglich mit der Schulter.

„Wie kann man nur so lange schlafen?“

Blake dagegen fragte sich, wie man jemanden um neun Uhr morgens aus dem Bett klingeln konnte. Statt wahrheitsgemäß zu erzählen, dass Madison und er bis spät in die Nacht die Wohnung aufgeräumt und festlich geschmückt hatten, damit ihre Sippschaft ein vergnügliches Weihnachtsfest am nächsten Tag bei ihm feiern würde, meinte er mit gespielter Lüsternheit: „Lange haben wir nicht geschlafen, schließlich hat mich deine Cousine bis in die Morgenstunden mit heißem Sex wachgehalten. Was denkst du, weshalb ich so k.o. bin?“

Über das empörte Luftschnappen von Taylor vernahm er Madisons melodisches Lachen, kurz bevor sie ihm eine Hand auf den Rücken legte und ihm spielerisch in den Oberarm biss.

„Heißer Sex? Den musst du dir eingebildet haben.“ Betont freundlich schob sie die Eingangstür weiter auf, um ihre Cousine in die Wohnung zu lassen. „Komm rein, Taylor.“

Zwar wäre es ihm lieber gewesen, wenn der biestige Cheerleader wieder das Weite gesucht hätte, da er sie bereits morgen würde ertragen müssen, doch Madison konnte ziemlich autoritär sein, was ihren eigenen Kopf betraf. Daher blieb ihm gar nichts anderes übrig, als verdrießlich zu beobachten, wie Taylor an ihm vorbeiging und kritisch die Nase rümpfte.

Am liebsten hätte er die Tür lautstark zugeschlagen, doch aus Rücksicht auf Madison, die ihm gerade so verziehen hatte, dass er ihre Familie beinahe ausgeladen hätte, schloss er zähneknirschend die Tür, ohne großen Krach zu machen, und folgte den beiden Frauen barfuß in seine Küche, die niemals zuvor so sauber gewesen war.

Ihn beeindruckte die sterile Sauberkeit.

Taylor dagegen zog die Mundwinkel kritisch hinunter. „Und *hier* sollen wir Weihnachten feiern?“

Ihm sträubte sich buchstäblich das Nackenfell, doch ein Blick in Madisons Augen hielt ihn davon ab, ihrem Gast die Leviten zu lesen.

Er trat an die Kaffeemaschine und fragte brummig: „Kaffee?“

„Nein, danke. Ich will nicht lange bleiben.“

Anscheinend geschahen noch Zeichen und Wunder, dachte sich Blake mit einem innerlichen Ächzen und machte sich daran, für Madison und sich selbst Kaffee aufzusetzen, während er den beiden völlig unterschiedlichen Frauen den Rücken zudrehte.

An Madison schätzte er ihr exzentrisches Wesen, die leichte Durchgeknalltheit und den derben Sinn für

Humor. Sie spielte und sang in einer Underground-Band, zockte ihn bei allen ihm bekannten Videospielen ab, fuhr Skateboard und war an den interessantesten Stellen tätowiert. Kurzum: Sie war ganz nach seinem Geschmack.

Ihre Cousine dagegen schien die Prüderie erfunden zu haben, ging nicht aus dem Haus, solange ihr Outfit und ihre Frisur nicht perfekt aufeinander abgestimmt waren, und riss sich beinahe ein Bein aus, um den Erwartungen ihrer schrecklich elitären Eltern gerecht zu werden.

Wie Blake von seiner Freundin wusste, war Taylors größte Sorge, dass ihre Eltern enttäuscht von ihr sein könnten, weshalb die junge Frau niemals auf den Gedanken gekommen wäre, eine Entscheidung zu fällen, die nicht in die Pläne ihrer Eltern gepasst hätte.

Zwar wusste er nicht, wie es sich anfühlte, mit Eltern aufzuwachsen, die gewisse Erwartungen an ihr Kind hatten – er wusste ja nicht einmal, wie es sich anfühlte, überhaupt Eltern zu haben –, aber Taylor war immerhin eine erwachsene Frau und hätte die Eier in der Hose haben sollen, selbst auszuwählen, was sie mit ihrem Leben anstellen wollte, anstatt es sich diktieren zu lassen.

Dass sie sich von ihren Eltern alles vorschreiben ließ, war vermutlich auch der Grund für ihre latente Unzufriedenheit, die sich darin ausdrückte, dass sie mit diesem grauenvollen Gesichtsausdruck durch die Gegend lief. Natürlich hätte er es Madison gegenüber nicht erwähnt, aber ein Grund, weshalb Taylor ihm vermutlich nie aufgefallen war und er sie deshalb auch niemals angebaggert hatte, war sicherlich ihre verkniffene Miene, die sie auch jetzt zur Schau trug. Eigentlich war Madisons Cousine eine bildhübsche Frau, die ohne Weiteres einen heißen Typen hätte aufreißen können, wenn sie sich mal lockermachen würde.

Ohne ihr zu nahe treten zu wollen, hätte Blake ihr am liebsten geraten, es sich mal richtig besorgen zu lassen. Dann wäre sie sicherlich entspannter gewesen.

Und es hätte sie davon abgehalten, Madison und Blake am frühen Morgen mit ungebetenen Besuchen zu belästigen.

„Du bist furchtbar früh unterwegs“, beklagte sich Madison bei ihrer Cousine und ließ sich mit einem

Gähnen auf einen der Barhocker sinken. „Wolltest du kontrollieren, ob wir auch geputzt haben?“

Taylor stellte ihre Tasche auf dem Tresen in Blakes Küche ab und schnitt eine finstere Grimasse. „Eigentlich wollte ich mit dir reden.“

„Um neun Uhr in der Früh?“ Madison gähnte ein weiteres Mal. „Hättest du das nicht auch in ein paar Stunden erledigen können?“

Mit grauenvoll hochnäsiger Stimme erklärte ihr Besuch: „Ich bin nicht früh dran, sondern habe noch viel zu erledigen, schließlich ist heute Abend Weihnachten.“

„Jetzt sag mir nicht, dass du nicht schon vor Wochen alle Geschenke besorgt und eingepackt hättest!“ Madison stieß ein erschöpftes Kichern aus. „Was hast du denn noch zu erledigen?“

„Einiges“, gab die Blondine kryptisch von sich.

„Heute Abend bist du bei deinen Eltern eingeladen.“

„Na und?“

Blake hätte beinahe gestöhnt und fragte sich, ob es zu früh für einen Schluck Alkohol war. Dieses Gespräch raubte ihm den letzten Nerv. Die wenigen Familientreffen, die er in den vergangenen Wochen bei

Madisons Familie erlebt hatte, waren entweder eine langweilige oder obskure Angelegenheit gewesen. Wenn er nicht solchen Schiss vor Madisons drachenartigee Großmutter gehabt hätte, die ein Albtraum für jeden Altenpfleger war, wäre das Aufeinandertreffen mit der alten Dame sogar ein Lichtblick für das morgige Essen gewesen, aber so ging er davon aus, dass er morgen Abend dem Weg in den Alkoholismus einen gewaltigen Schritt näher kam.

Er fragte sich, warum er den ganzen Mist überhaupt mit sich machen ließ.

Die Antwort lag doch auf der Hand: wegen Madison. Er machte es ihretwegen. Weil sie nackt nicht nur besonders scharf aussah und sich zusammen mit ihm Pornos reinzog, sondern auch, weil er sie so gerne lachen sah. Sobald sie lachte, hatte er absurderweise das Gefühl, ebenfalls lachen zu müssen.

Gott, er klang schon wie ein Weichei!

„Wieso tust du dir den Stress überhaupt an, am vierundzwanzigsten Dezember vor die Tür zu gehen und *Dinge zu erledigen*? Hast du etwa ein Date, Taylor?“

In letzter Sekunde konnte Blake ein ironisches Schnauben unterdrücken. Das arme Schwein, das sich auf ein Date mit ihrer mürrischen Cousine einließ, tat ihm jetzt schon entsetzlich leid.

„Nein, ich habe kein Date!“

Madison sprach das aus, was er bereits die ganze Zeit dachte. „Schade. Ich sage dir schon seit Ewigkeiten, dass du dir einen Typen suchen solltest, mit dem man Spaß haben kann.“

„Madison“, empörte sich Taylor bissig. „Wie kannst du mir so etwas sagen – ausgerechnet vor ihm!“

Blake hob grüßend die Hand und murmelte über die Schulter. „Tut so, als wäre ich gar nicht da.“

„Das ist gar nicht lustig“, keifte Taylor an seinen Rücken gewandt.

„Finde ich auch“, erwiderte er trocken. „Eigentlich hatte ich noch ein Stündchen schlafen und dann mit deiner Cousine ein Kind zeugen wollen.“

„Was?!“

„Blake macht nur einen Witz“, versuchte Madison ihre Cousine zu beschwichtigen, bevor sie ebenso trocken wie er kurz zuvor wissen wollte: „Du *machst* doch einen Witz, oder?“

Mit einem ironischen Augenverdrehen sah er sie über die Schulter an. „Was denkst du denn?“

„Könntet ihr euch bitte für fünf Minuten zusammenreißen?“ Taylor stieß laut die Luft aus. „Das ist ja nicht auszuhalten! Morgen werde ich ...“

Madison unterbrach sie belustigt. „Morgen wirst du herkommen und musst nichts anderes tun, als hier zu sitzen und mit uns zu essen. Was soll der Stress, Taylor?“

„Ich hätte keinen Stress, wenn du kurzfristig nicht entschieden hättest, bei deinem Freund zu feiern und die ganze Familie zu diesem Ereignis einzuladen. Jetzt muss ich nämlich ein weiteres Geschenk besorgen und habe keine Ahnung, was ich ihm schenken kann.“

Es dauerte eine Weile, bis Blake realisierte, dass Taylor von ihm sprach. Ungläubig drehte er sich zu den beiden Frauen um und fragte verwirrt: „Wie bitte? *Du* willst mir etwas schenken?“

Die Blondine zog eine Schnute und brummte: „Das gehört sich nun einmal so. Was willst du denn haben?“

Sonderlich freundlich oder festlich klang es zwar nicht, aber Blake wollte mal nicht so sein. Lässig zuckte er mit der Schulter. „Danke, aber das musst du nicht.“

„Du kriegst aber was.“ Sie stieß den Atem aus und verschränkte die Arme vor der Brust. „Was wäre dir denn lieber? Eine Flasche Sherry oder ein Pornoheft?“

Unsicher schweiften seine Augen zu Madison, da er nämlich keine Ahnung hatte, ob Taylor scherzte oder es ernst meinte. Verdammt, er wusste ja nicht einmal, ob der Cheerleader überhaupt in der Lage war, einen Scherz vom Stapel zu lassen, immerhin benahm sie sich meistens wie eine hundertjährige Gefängniswärterin, die bei der kleinsten Gefühlsregung befürchten musste, dass ihr Gesicht zersprang.

Madison dagegen schien sie verstanden zu haben, da sie fröhlich lachte. „Das war ein Scherz. Natürlich weiß Taylor, dass du lieber Wodka hättest und mit Pornoheften nichts anfangen kannst.“ An ihre Cousine gewandt erklärte sie großspurig. „Falls du dich für die zweite Variante entscheiden willst, würde ich vorschlagen, dass es kein Heft, sondern ein Film ist. Blake steht eher auf bewegte Bilder.“

Er gab ein Ächzen von sich. Der morgige Tag konnte ja lustig werden. „Ich dachte, dass Weihnachten das Fest der Liebe ist.“

„Es ist das Fest des Konsums und der zukünftigen Herzklappenpatienten“, korrigierte Madison ihn fröhlich und schien bester Laune zu sein. „Außerdem wirst du morgen sehen, wie Grandma nach zwei Eierflips alte Seemannslieder singen wird. Im letzten Jahr habe ich ihre Performance mit dem Handy aufgenommen. Es ist zum Schreien.“

Allein die Erwähnung ihrer Großmutter ließ sein Augenlid nervös zucken.

Über den Gedanken an Madisons biestige Grandma hätte er beinahe ihre biestige Cousine vergessen, die sich mit einem lauten Räuspern wieder bemerkbar machte und misstrauisch nachfragte: „Wer wird eigentlich dabei sein?“

Verwundert blinzelte Madison. „Du, deine Eltern, meine Eltern, Grandma ...“

„Das meinte ich nicht“, unterbrach Taylor sie fast schon schroff, bevor sie kurz errötete und die Nase rümpfte. Gleichzeitig fiel ihr Blick auf ihn. „Habt ihr ... habt ihr sonst noch jemanden eingeladen?"

Blake konnte sich überhaupt keinen Reim darauf machen, was die plötzlich unsicher wirkende Taylor meinte.

Madison schien es genauso zu gehen. „Wen sollen wir denn außer der Familie eingeladen haben?"

„Ich ... ich weiß auch nicht", gab sich Taylor ahnungslos. „Woher soll ich wissen, was ihr geplant habt."

„Ein Familienessen – wie jedes Jahr."

Fast schon zögerlich brummte Madisons Cousine: „Seid ihr sicher, dass nicht ... nicht irgendjemand vorbeischauen könnte? Jemand ... Unerwartetes?"

„Jemand Unerwartetes?"

„Ja." Taylor nickte eifrig. „Jemand, den ... den man nicht erwartet hat. Jemand *Unerwartetes*."

„Taylor, ich hab dich lieb." Madison hob eine Augenbraue beinahe bis zum Haaransatz hoch. „Aber bist du auf Drogen?"

„Verdammt", beschwerte sie sich bei ihr. „Natürlich nicht! Ich trinke ja nicht einmal Bier!"

Vermutlich lag genau da das Problem, überlegte Blake und ignorierte das Gluckern der Kaffeemaschine, um lieber der merkwürdigen Diskussion der beiden Cousinen zu folgen, deren Sinn er bislang nicht begriffen hatte.

„Was willst du denn dann von uns wissen? Ehrlich gesagt klingst du gerade wie ein schlechter Trailer für einen noch schlechteren Horrorfilm mit dem Titel: *Jemand Unerwartetes*."

„Ich habe einfach keine Lust, dass sich Hinz und Kunz auf unser Familienessen schleicht", verteidigte sich Taylor und klang dabei alles andere als überzeugend. „Grandma würde es furchtbar verwirren, wenn plötzlich so viele fremde Menschen mit ihr an einem Tisch säßen."

„Grandma würde dir eine scheuern, wenn sie wüsste, dass du sie wie eine tattrige Demenzkranke darstellst." Madison schnaubte. „Ich glaube, es geht viel eher um dich und nicht um Grandma."

„Madison."

„Ich habe doch recht, oder?"

„Schön!“ Taylors Augen richteten sich prompt auf Blake. „Kommen deine Kumpels etwa auch? Wenn ja, dann müsst ihr auf mich verzichten!“

Verwundert und auch ein wenig überrumpelt fuhr er hoch. „Was?“

Kategorisch hob sie einen Finger. „Ich lasse mir Weihnachten nicht verderben, indem ich den Tag mit diesen ungehobelten Flegeln verbringen muss!“

Blake verschränkte die Arme vor der Brust und wollte unheilverkündend wissen: „Ungehobelte Flegel?“

„Komm mal wieder runter, Taylor“, ließ sich Madison wütend vernehmen. „Was ist denn in dich gefahren?“

„Ich wollte es nur klarstellen“, spie ihre Cousine hervor, die kaum zu bremsen war. „Das ganze Jahr über feuere ich diese Idioten an, aber das heißt nicht, dass ich zu Weihnachten mit ihnen an einem Tisch sitzen will!“

„Diese Idioten“, warf Blake ebenfalls ziemlich aufgebracht ein, „benehmen sich noch lange nicht so flegelhaft wie andere Zeitgenossen. Nervige Cheerleader eingeschlossen!“

„Hey“, blökte die Blondine los und schnappte sich ihre Tasche. „Ich bin nicht diejenige, die arglose Maskottchen angreift, sich in wüste Kneipenprügeleien verwickeln lässt oder aus Fenstern pinkelt!“

„Da scheint dir im Leben viel entgangen zu sein“, schnaubte er ebenso blökend, was ihm einen vernichtenden Blick von ihr einbrachte.

Bevor er sichs versah, war Taylor aus der Wohnung gestürmt und ließ sie beide ratlos zurück. Das Zuschlagen der Tür hallte für einige Sekunden bis in die Küche nach.

„Was sollte das denn?“

Madison zuckte mit der Schulter. „Weihnachtsstress …“

Das Klingeln des Telefons ließ ihn stöhnen. „Wer zum Teufel ruft so früh hier an? Wenn das jetzt der nächste Verwandte von dir ist, muss ich Schluss machen.“

Sie schob ihn mit der Hüfte in Richtung Telefon und griff nach der Kaffeekanne. „Immer diese leeren Drohungen.“

7. Kapitel

„Es ist Weihnachten, Julian.“

„Ich weiß.“

„Ernsthaft, Mann. Es ist Weihnachten. Wir haben den vierundzwanzigsten Dezember, und du willst mir sagen, dass du uns ausládst?“ Brian ächzte.

Unwirsch hob Julian beide Hände und versuchte, sich vor seinem besten Kumpel zu verteidigen, der damit beschäftigt war, einen Geschenkkarton zu verpacken. Der Quarterback, der normalerweise dafür berühmt war, die geschicktesten Hände der ganzen NFL zu besitzen, stellte sich jedoch im Umgang mit Geschenkpapier absolut grauenvoll an. Als Weihnachtself in der Werkstatt des Weihnachtsmannes hätte er nicht einmal die erste Runde in den Vorstellungsgesprächen bestanden. Dabei zuzusehen, wie er das Geschenkpapier missbrauchte, war kaum zu ertragen, aber Julian hatte bereits eigene Sorgen, als dass er sich auch noch darum hätte kümmern können. Daher beruhigte er sein schlechtes Gewissen damit, dass Teddy bei ihrer Hochzeit gewusst haben musste, worauf sie sich einließ, als sie diesem Spinner ihr Ja-Wort gegeben hatte. Ein grauenvoll verpacktes Geschenk war immerhin besser als gar keines.

Dass der Weihnachtsbaum, der im weitläufigen Loft des Ehepaares stand, ebenso grauenvoll geschmückt war und sicherlich keinen Blumentopf gewinnen würde, ließ er lieber unkommentiert. Brian sah gestresst genug aus und wirkte so, als würde er sich lieber mit dem Klebestreifen erdrosseln, als noch ein einziges Geschenk einzupacken.

„Das kannst du nicht tun, Julian. Was ist überhaupt los, dass du plötzlich das Weihnachtsessen absagen willst?“

Das wusste er selbst nicht.

Seit seinem Gespräch mit Liv über Sammy war er völlig durch den Wind und befürchtete, dass es Liv nicht anders ging. An seinen ersten Sohn zu denken, machte ihn meistens melancholisch, doch zu Weihnachten war es immer besonders schlimm. Gerade zu Weihnachten fehlte Sammy ihm schrecklich, was daran lag, dass die Familie immer etwas zur Ruhe kam und sich darauf besann, was wirklich wichtig war. Unter diesen Voraussetzungen war es ganz natürlich, an das Familienmitglied zu denken, das nicht bei ihnen war.

In diesem Jahr war es irgendwie besonders traumatisch. Und Julian ahnte, woran es lag. Im nächsten Jahr würde er seine Karriere beenden und in Rente gehen. Einerseits wusste er bereits jetzt, dass er es vermissen würde, nicht mehr aktiv zu seinem Team zu gehören, mit den Jungs tagtäglich herumzublödeln und mit seinen Kollegen auf dem Feld zu stehen, andererseits freute er sich darauf, mehr Zeit mit Liv und seinen Kindern zu verbringen. Er war ein Vollblutvater, der es genoss, mit Brianna und Levi zusammen zu sein. Endlich würde er all die Zeit haben, die ihm zuvor gefehlt hatte, um jeden Tag dabei zu sein, wenn seine Tochter und sein Sohn aufwuchsen.

Genau das war auch der Punkt, der ihm Sorgen bereitete.

Liv und er waren nach Sammys Tod völlig unterschiedlich mit ihrer Trauer umgegangen. Seine Frau war in ein tiefes Loch gefallen und hatte den ganzen Tag nichts anderes getan, als an ihr Kind zu denken und in Trauer zu versinken. Ihm wäre es sicherlich nicht anders ergangen, wenn er sich nicht mit Football hätte ablenken können. Obwohl er damals zu Therapiesitzungen gegangen war und bis heute glaubte, den Tod seines Sohnes verarbeitet zu haben, ertönte in seinem Kopf diese Stimme, die zu bedenken gab, dass er niemals die Zeit gehabt hatte, in Ruhe über Sammy nachzudenken. Das Footballspiel hatte ihm dies einfach nicht erlaubt.

Aber was würde geschehen, wenn er plötzlich doch die Zeit hatte?

So dankbar er auch war, dass er sich damals hatte ablenken können, fragte er sich heute, ob ihn seine Vergangenheit nicht jetzt einholte. In letzter Zeit dachte er wieder verstärkt an Sammy, sah ihn in den Gesichtern fremder Kinder und musste das Gefühl von Trauer ständig unterdrücken, das in ihm aufzukommen schien. Er wollte nicht traurig sein und war der Meinung, dass er es auch gar nicht sein durfte, schließlich hatte er eine wunderbare Frau, zwei gesunde, glückliche Kinder und führte ein Leben, um das ihn die meisten Menschen beneidet hätten. In der Vergangenheit zu leben, brachte ihm nichts.

Leider überwog momentan das Gefühl von Trauer jegliche Dankbarkeit über die kostbaren Augenblicke mit seinem Sohn.

„Liv und ich sind einfach nicht in Weihnachtsstimmung“, antwortete er eher lahm und wusste selbst, dass dies nach einer faulen Ausrede klang.

„Und was ist mit Brianna?“, empörte sich Brian. „Die Kleine kann doch seit Tagen nicht schlafen, weil sie so aufgeregt ist und Angst hat, den Weihnachtsmann zu verpassen!“

„Nun ja ...“ Seufzend zuckte er mit der Schulter. „Natürlich werden wir mit den Kindern feiern, aber im kleinen Rahmen.“

Brian richtete seinen musternden Blick auf ihn, verzog nachdenklich den Mund und schüttelte abschließend den Kopf. „Ich kaufe dir nichts davon ab. Was ist passiert?“

„Nichts ist passiert ...“

Leider kannte sein bester Freund ihn gut genug. „Sei wenigstens ehrlich. Weiß Liv, dass du ihr großartig geplantes Weihnachtsessen absagen willst?“

Seine Schultern sackten hinab. „Nein, sie weiß es nicht.“

„Aha.“ Brians Ton klang weder befriedigt noch überheblich. Stattdessen war er die Ruhe selbst. „Da ich weiß, wie viel Mühe sich Liv Jahr für Jahr gibt, wird sie bestimmt nicht sehr glücklich sein, dass du ihr Essen einfach in den Sand setzt.“

„Vielleicht fahre ich mit ihr und den Kindern für ein paar Tage weg“, entgegnete Julian hoffnungsvoll.

„Julian, wir haben den vierundzwanzigsten Dezember“, hielt Brian ihm vor. „Erstens würde Liv dich umbringen, wenn du sie spontan in irgendeiner Absteige unterbringst, und zweitens hättest du zwei quengelige Kleinkinder im Schlepptau, die weder einen Baum noch ihre Geschenke zu Weihnachten bekämen. Warum willst du dieses Risiko eingehen? So schlecht kocht Liv nun auch nicht!“

Der Scherz auf Kosten von Livs Kochkünsten entrang ihm lediglich ein freudloses Lächeln. „Es hat nichts mit Livs Kocherei zu tun.“

„Womit denn dann?“

Als Julian schwieg und keine Antwort gab, wechselte Brian das Thema und deutete auf das widerspenstige Paket vor sich.

„Hilf mir mal mit diesem Ding! Teddy müsste jeden Moment mit den Zwillingen zurück sein, und ich will nicht, dass sie ihr Geschenk sieht, bevor es verpackt ist.“

Ohne etwas zu sagen, packte Julian mit an, hielt das Geschenkpapier straff, damit Brian es zukleben konnte, und schielte neugierig auf den braunen Pappkarton.

„Was ist drin?“

„Eine Popcornmaschine.“

Ungläubig hustete Julian auf. „Eine Popcornmaschine? Verdienst du so schlecht, dass du deiner Frau kein vernünftiges Geschenk kaufen kannst?“

„Sei kein Arsch“, widersprach Brian gutmütig. „Die Popcornmaschine ist symbolisch.“

„Für was?“

Mit der Gelassenheit eines Mannes, der mit sich und seinem Leben wunschlos glücklich war, grinste Brian. „Geht dich nichts an. Aber nur zur Info: Sie bekommt auch noch etwas anderes.“

„Was denn? Einen Tischgrill?“

Anscheinend weigerte sich sein Kumpel, ihm mehr zu verraten. „Ich verstecke ihr Geschenk seit Wochen und habe niemandem etwas davon erzählt. Jetzt werde ich nicht einen Tag vorher das Risiko eingehen, dass sie es herausbekommt.“

„Dass du ein Geheimnis für dich behalten kannst, Rabbit, hätte ich nie gedacht.“

Dieser zuckte lässig mit der Schulter und verteilte großzügig Klebeband über das Geschenkpapier. „Wenn es wichtig ist, kann ich die Klappe halten.“ Er räusperte sich. „Das betrifft auch alles, was du mir erzählen willst.“

„Mir geht es gut“, beharrte er. „Wir sind einfach nicht in Weihnachtsstimmung.“

„Als ich heute Morgen mit Liv telefoniert habe, klang sie jedoch sehr weihnachtlich gestimmt. Habt ihr euch gestritten?“

„Nein.“ Er schüttelte den Kopf und konnte das leise Lächeln nicht unterdrücken, das sich auf sein Gesicht stahl. „Bei Liv und mir ist alles in Ordnung.“

Brian gab dem unhandlichen Geschenk einen kleinen Klaps und schob es gleich darauf zu den übrigen Geschenken, die sich bereits unter dem chaotisch wirkenden Baum befanden. „Nimm es mir nicht übel, aber ich kapiere nicht, dass deine Frau in der Küche steht, um für den heutigen Abend zu kochen, während du hier sitzt und mir weismachen willst, dass du sie dir schnappen und ungeplant irgendwohin fahren willst. Das wirkt ein wenig ... verrückt, Julian."

„Okay." Frustriert fuhr er sich mit beiden Händen durch das Haar. „Ich flippe gerade aus. Kommt heute vorbei, dann feiern wir Weihnachten."

Sein Kumpel schlug ihm tröstlich auf die Schulter. „Scheiße, Mann. Es geht doch nicht um das heutige Essen. Teddy und ich können selbst kochen. Ich mache mir Sorgen, wenn gerade du – der besonnenste Typ, den ich kenne – plötzlich so durcheinander wirkst. Bist du wirklich nicht in Weihnachtsstimmung? Oder geht es um etwas anderes?"

Obwohl Brian immer sehr unbedarft und witzig wirkte, besaß er eine relativ gute Menschenkenntnis, vor allem was seinen besten Freund betraf.

„Geht es um deinen Abschied?"

Julian schob das Kinn vor. „Nicht wirklich."

„Also doch?"

„Nein." Er schluckte, erhob sich und ging in die angrenzende Küche, um sich ein Glas Wasser zu holen – einfach, um etwas zu haben, an dem er sich festhalten konnte. Kaum hatte sich Julian etwas Wasser eingegossen, bemerkte er, wie Brian sich hinter ihm gegen den Küchenschrank lehnte.

„Schlechte Nachrichten?"

Nachdem er einen Schluck Wasser getrunken hatte, stellte er das Glas wieder beiseite und sah Brian von der Seite an. „Ich habe in letzter Zeit sehr oft an Sammy denken müssen."

„Oh."

„Komisch", sinnierte er mit einem niedergeschlagenen Blick und ließ seine Finger über die unebenen Fliesen auf der Arbeitsfläche in Brians Küche gleiten. „Uns geht es momentan so gut wie nie zuvor. Brianna und Levi sind kerngesund, Liv und ich sind glücklich miteinander und am Ende der Saison beende ich meine Karriere fast verletzungsfrei. Eigentlich sollte man meinen, dass wir keinen Grund zur Klage haben sollten."

„Das ist Schwachsinn“, entgegnete Brian ruhig. „Du und Liv habt jedes Recht dazu, über Sammys Tod traurig zu sein. Ganz gleich, wie lange es her ist, dass ihr ihn verloren habt.“

Julian verzog den Mund. „Wir haben zwei glückliche Kinder, Brian. Ist es nicht undankbar, unglücklich über den Tod unseres ersten Sohnes zu sein?“

Die Stimme seines Freundes klang mit einem Mal genauso belegt wie seine. „Julian, ich will mir gar nicht vorstellen, wie ... wie sich so etwas anfühlen muss. Wenn ich daran denke, dass George oder Scott ...“ Scheinbar unfähig, den Gedanken nun auszusprechen, schwieg Brian.

Er konnte es ihm nicht verdenken. Noch heute verengte sich seine Kehle, wenn er an Sammys Tod dachte.

„Dass Brianna und Levi glücklich sind, darf euch freuen ... es sollte euch sogar freuen“, erklärte Brian mit fester Stimme. „Nichtsdestotrotz habt ihr jedes Recht der Welt, unglücklich über Sammys Tod zu sein, Julian.“

Langsam schob Julian beide Hände in die Taschen seiner Jeans und drehte sich zu seinem Freund um. „Als

Sammy starb, hatte ich kaum Zeit, mir wirklich bewusst zu werden, dass er nicht mehr bei uns war und niemals wiederkommen würde. Damals konnte ich mich mit Football ablenken, aber was passiert, wenn ich zu spielen aufhöre?“

Sein bester Freund legte die Stirn in Falten und senkte das Kinn hinab, was ihm einen nachdenklichen Eindruck verlieh.

„Du klingst gerade so, als hättest du ein schlechtes Gewissen, weil du damals weiter Football gespielt hast.“

Er seufzte schwer. „Vielleicht habe ich das auch.“

„Julian ...“

Kopfschüttelnd unterbrach er seinen Freund. „Ich hatte es leicht, weil ich mich aufs Spiel konzentrieren konnte. Bei Liv war es anders.“

„Entschuldige, aber du hattest es nicht leicht. Nichts daran war leicht.“ Seufzend deutete Brian auf ihn. „Allein die Tatsache, wie sehr es dich jetzt noch mitnimmt, zeigt doch, wie es in dir aussieht.“

Um seine Verzweiflung zu kaschieren, zuckte er mit der Schulter. „Manchmal frage ich mich, ob es nicht anständiger gewesen wäre, mir nach Sammys Tod eine Auszeit zu nehmen."

„Anständig?"

„Mhm", gab Julian mit einem verschluckten Stöhnen von sich. „Er hätte es verdient, dass sein Vater sich alle Zeit der Welt genommen hätte, um ihn zu betrauern."

„Vielleicht solltest du dir vor Augen halten, dass du hochanständig bist und deine Kinder liebst. Alle deine Kinder." Brians Stimme wurde leiser. „Außerdem hast du ihn betrauert, Julian. Und du tust es noch."

Da er nicht wie eine Heulsuse losflennen wollte, biss Julian die Zähne zusammen und machte eine unwirsche Handbewegung. „Ich habe eine tolle Familie, trotzdem ist sie nicht vollständig. Zu Weihnachten wird mir bewusst, dass ein Familienmitglied fehlt."

„Sammy muss ein großartiges Kind gewesen sein. Brianna und Levi hätten bestimmt keinen besseren großen Bruder haben können."

„Oh ja. Das hätten sie." Julian holte zittrig Luft. „Lass uns bitte das Thema wechseln."

Anscheinend wusste Brian, was er sagen musste, um die emotionale Situation aufzulockern. „Blake macht sich fast in die Hose, weil er Madisons Familie morgen zu Gast hat.“

Der Gedanke an Blake, der sich in den letzten Jahren beinahe unbemerkt einen Platz in der Titans-Familie ergattert hatte und aus ihr nicht wegzudenken war, ließ Julian trotz seiner aktuellen Verfassung lächeln. „Da sieh mal einer an, was aus ihm geworden ist.“

Brian nickte bestätigend. „Er hat mich gestern völlig panisch angerufen, weil er wissen wollte, ob er irgendwelche Weihnachtslieder auswendig lernen sollte – für den Fall, dass Madisons Familie diese unter dem Tannenbaum singen möchte.“

Die Vorstellung eines singenden Blake inmitten der Familie seiner Freundin löste ein heiteres Lachen bei ihm aus. „Er hat einen Tannenbaum?“

Nicht minder verwundert ächzte Brian: „Er hat sogar seine Wohnung geputzt und seine Pornosammlung versteckt.“

„Oh Mann! Ihn hat es ganz schön erwischt.“

„Um ehrlich zu sein, würde ich nur allzu gerne Mäuschen spielen!“

Da Brian für seine ausgesprochene Neugierde bekannt war, wunderte Julian dies nicht. „Was hast du ihm denn bezüglich der Weihnachtslieder geraten?"

„Ich?" Brian rümpfte ironisch die Nase. „Meine Frau hat selbst nur eine Mutter, aber keine Großfamilie, also habe ich ihm gesagt, dass er Madison fragen soll."

„Und?"

Sein Kumpel antwortete mit einem Augenverdrehen. „Das lehnte der Spinner ab, weil es ihm peinlich sei, Madison danach zu fragen."

„Peinlich?" Julian legte den Kopf zurück und verschränkte seine Knöchel übereinander. „Die Frau kennt nicht nur seine Pornosammlung, sondern auch seine sexuellen Vorlieben. Ich lehne mich mal weit aus dem Fenster, aber peinlicher geht es vermutlich gar nicht."

„Blake ist verliebt ... oh scheiße, klingt das schräg."

„Total schräg", stimmte Julian ihm zu.

Genau in diesem Moment ging die Eingangstür zum Loft auf und eine absolut gestresst wirkende Teddy schob den Zwillingskinderwagen mit ihren quäkenden Söhnen hinein, die ein solches Theater machten, dass sie Julian unweigerlich an ihren Vater erinnerten, wenn dieser wegen einer Fehlentscheidung des Schiedsrichters auf dem Spielfeld randalierte.

„Hey, Süße!“ Brian stieß sich vom Küchenschrank ab und lief seiner Frau entgegen. „Alles okay?“

„Nein, nichts ist okay.“ Mit einem frustrierten Seufzen warf sie die Eingangstür zu und ließ ihre Tasche auf einen Stuhl fallen. „Dein verrückter Teamkollege treibt mich in den Wahnsinn!“

Mit professioneller Ruhe nickte ihr Mann verständnisvoll. „Du musst schon genauer werden, Schatz. *Welchen* verrückten Teamkollegen meinst du?“

„Dupree!“ Sie sah an ihrem Mann vorbei und richtete ihren Blick auf Julian. „Hey, Julian.“

„Hey“, erwiderte er belustigt, um gleich darauf eine Grimasse für seine Patenkinder zu schneiden, die ihn entdeckt hatten und begeistert mit ihren Patschehändchen in die Luft griffen. Dass er sich nach Sammy sehnte, hatte nichts mit den beiden zu tun. George und Scott hatte er in sein Herz geschlossen und konnte mit ihnen spielen, sie knuddeln oder an sie denken, ohne dabei Sammy vor Augen zu haben.

„Es gibt eine *kleine* Planänderung“, riss ihn Teddy aus seinen Gedanken. „Liv weiß auch schon Bescheid. Wir müssen das Essen verschieben und stattdessen ein paar Dinge organisieren.“

Julian war nicht irritierter als Brian, der verwirrt zwinkerte. „Was?“

„Ich verstehe auch nur Bahnhof, Teddy.“

Sie schälte sich aus ihrer Jacke und schüttelte noch immer fassungslos den Kopf. „Ihr werdet nicht glauben, was für einen Anruf ich gerade bekommen habe ...“

8. Kapitel

Tom bemerkte in dem Moment, in dem er sich selbst im Spiegel betrachtete, dass er zu einem Vollblutvater mutiert war.

Bevor Zoey bei ihm eingezogen war, hatte er die Nächte durchgemacht, war zu Weihnachten mit irgendeiner Stewardess, Schauspielerin oder gerade Geschiedenen durch diverse Clubs gezogen und hatte seine Weihnachtstradition darauf beschränkt, mit einem Kater am nächsten Morgen aufzuwachen und seinen Verwandten per Mail ein frohes Fest zu wünschen.

Mittlerweile stand er einem ganz anderen Ich gegenüber und stellte fest, dass er gar kein Problem damit hatte, einen Pyjama mit kleinen Rentieren zu tragen und sich den lieben langen Tag Jingle Bells anzuhören. Zwar war der rote Flanelleinteiler mit dem Reißverschluss in der Mitte, der wie ein Strampelanzug für Erwachsene aussah, nicht unbedingt sein Stil, doch um Zoey eine Freude zu machen, hatte er ihn angezogen und lief damit im Partnerlook zu Erin und seiner Tochter herum, die genau den gleichen Pyjama trugen.

Zwar wäre er sich in Anwesenheit anderer Menschen ein wenig lächerlich vorgekommen, nichtsdestotrotz musste er zugeben, dass er niemals zuvor ein dermaßen gemütliches Kleidungsstück getragen hatte.

„Daddy!“ Zoey lief mit glühenden Wangen und blitzenden Augen auf das Sofa zu, auf dem er lag und einen typischen Weihnachtsfilm sah. „Willst du meine Kekse probieren?“

Trotz der Furcht vor einer rapiden Gewichtszunahme griff er fröhlich zu, stopfte sich Zoeys selbst gebackene Kekse in den Mund und stöhnte ekstatisch auf.

„Schmecken sie, Daddy?“

Selbst wenn sie es nicht täten, hätte er dennoch mit vollem Mund erklärt: „Das sind die besten Kekse, die ich jemals gegessen habe, Knöpfchen!“

„Wirklich?“ Das Kindergesicht strahlte vor Glück, was ihn veranlasste, das leicht trockene Gebäck hinunterzuwürgen und seine Tochter anschließend zu sich auf die Couch zu ziehen, was Zoey mit einem Quietschen beantwortete, während sie sich aus seinem Griff zu winden versuchte.

„Hiergeblieben!“ Er versenkte sein Gesicht in dem zarten Kindernacken und kitzelte die Kleine fröhlich.

„Daddy, nein“, lachte Zoey. „Ich muss Mama in der Küche helfen!“

„Nichts da“, widersprach er gutmütig und legte seine Arme um seine Tochter, bevor er ihre wirren blonden Haare küsste. „Zu Weihnachten lasse ich dich nicht weg.“

Auch wenn die Kleine noch immer kicherte, wehrte sie sich nicht länger, sondern schmiegte ihren Rücken mit einem zufriedenen Seufzer an ihren Vater. „Und wer hilft dann Mama?“

„Mama kann das auch allein“, vertraute er ihr flüsternd an.

„Okay.“ Uneingeschränkt freundlich nickte sie dem Fernseher zu, auf dem gerade zu sehen war, wie ein Familienvater im Weihnachtsmannkostüm von seinem eigenen Hund in den gepolsterten Hintern gebissen wurde. Das fröhliche Kichern, das sie darauf ausstieß, wärmte ihm das Herz.

„Was schaust du da, Daddy?“

„Einen Film über Weihnachten, Knöpfchen“, erwiderte er fröhlich.

„Hihi.“ Prustend deutete sie auf den Terrier, der seine Zähne im Hintern des verkleideten Weihnachtsmannes versenkt hatte. „Das ist lustig, Daddy. Darf ich lauter machen?“

Leichthin zuckte er mit der Schulter. „Klar.“

Während er ihr über das Haar strich und sie dabei beobachtete, wie sie die Fernbedienung mit zwei Händen eifrig umfasste und mit lebhafter Miene die Familienkomödie ansah, dachte er wieder daran, dass er eine Tochter wie Zoey im Grunde gar nicht verdiente. Anfangs hatte er sie nicht gewollt und nur darüber gegrübelt, wie er am einfachsten aus der ganzen Sache herauskommen könnte. Dabei war es ihm nicht darum gegangen, dass er einen One-Night-Stand geschwängert hatte, sondern dass er überhaupt keine Lust gehabt hatte, Vater zu werden. Selbstsüchtig war ihm nur durch den Kopf geschossen, was Zoeys Geburt für ihn bedeuten würde. Deshalb hatte er sich vier Jahre lang nicht gerade mit Ruhm bekleckert, was seinen Umgang mit seiner Tochter betroffen hatte. Zwar waren Alimente Monat für Monat auf das Konto von Zoeys Mom geflossen und Tom hatte zu Weihnachten und Geburtstagen riesige

Geschenke geschickt, aber seine Besuche hatten sich auf ein absolutes Minimum beschränkt.

Als Zoey dann mit vier Jahren plötzlich einige Wochen bei ihm hatte verbringen sollen, war er so ahnungslos gewesen, was er mit seiner eigenen Tochter anstellen sollte, dass er sich nicht anders zu helfen gewusst hatte, als ein Kindermädchen einzustellen. Sein großes Glück war, dass Zoeys früheres Kindermädchen nicht nur die Frau war, in die er sich verliebt und die er geheiratet hatte, sondern auch dass Erin ihm die Augen geöffnet hatte, was seine Beziehung zu Zoey betraf.

In Zoeys ersten Lebensjahren war er ein miserabler Vater gewesen, doch Tom hatte sich geschworen, dass seine Tochter nie wieder an seiner Zuneigung zu ihr zweifeln musste. Die Tatsache, dass sie bei ihm aufwuchs und ihm täglich zeigte, dass sie ihn lieb hatte, machte ihn immer wieder demütig.

„Du, Daddy?“

„Mhm?“ Geistesabwesend spielten seine Finger mit den Spitzen ihrer blonden Locken.

„Wann darf ich meine Geschenke aufmachen?“

Beinahe hätte er gelacht, weil es so offensichtlich war, wie angestrengt Zoey auf den Fernseher sah und nicht zu den bunt eingepackten Geschenken schielte, die bereits unter dem Baum standen. Ebenso offensichtlich war ihr Bemühen, sich nicht anmerken zu lassen, wie hibbelig sie war.

„Hatten wir nicht ausgemacht, dass du heute Abend eines öffnen darfst und morgen früh dann die restlichen?“

Der kleine Kindermund verzog sich traurig. „Aber dann werde ich ganz bestimmt nicht mehr schlafen können, Daddy.“

Gespielt nachdenklich runzelte er die Stirn. „Vielleicht können wir Mama ja fragen, ob du heute Abend zwei Geschenke auspacken darfst.“

Augenblicklich nickte die Kleine hoffnungsvoll. „Oh ja!“

Das Räuspern seiner Frau, die plötzlich neben der Couch auftauchte, ließ ihn den Blick heben.

Äußerst belustigt hob sie eine rote Augenbraue in die Höhe und schüttelte den Kopf. „Hast du mir meine Beiköchin gestohlen, Tom?“

„Ein Mann muss tun, was ein Mann tun muss“, entgegnete er schulterzuckend.

„Daddy und ich schauen uns einen Film über einen Hund an, der einem Mann in den Popo beißt“, verriet Zoey mit funkelnden Augen. „Außerdem darf ich heute Abend zwei Geschenke auspacken, wenn du Ja sagst.“

„Aha.“ Erin verschränkte die Arme vor ihrer Brust, die – wie Tom in den vergangenen Wochen mit großem Interesse verfolgt hatte – mittlerweile noch sehr viel beeindruckendere Maße angenommen hatte als zuvor. Da er nicht miterlebt hatte, wie Zoeys Mutter schwanger gewesen war, war Erins Schwangerschaft eine völlig neue Erfahrung für ihn. Eigentlich war er davon ausgegangen, dass seine Frau sich entweder ständig übergeben würde oder aber zu einer hormongeplagten Zicke mutieren könnte. Im schlimmsten Fall wären beide Möglichkeiten eingetroffen, doch stattdessen strahlte Erin vor Zufriedenheit, bekam diese riesigen Brüste und hatte ständig Lust auf Sex.

Wie es aussah, war Tom das ganze Jahr über extrem brav gewesen, wenn der Weihnachtsmann ihn derart beglückte.

„Zwei Geschenke, Zoey? Hatten wir nicht eins ausgemacht?“

„Bitte“, bettelte die Kleine. „Wenn ich zwei aufmachen darf, kann ich ganz bestimmt viel besser schlafen.“

Erins Mundwinkel zuckten angesichts des ernsten Tonfalles. „Gut. Von mir aus, aber dann musst du mir auch gleich wieder beim Kochen helfen, Schätzchen.“

Neugierig schaute Tom seiner Frau ins Gesicht. „Was gibt es denn?“

„Dein Lieblingsgericht.“

Als sein Blick ohne sein Zutun auf ihre Brüste fiel, die unter ebenfalls rotem Flanell verborgen waren, hörte er ihr empörtes Schnauben.

„Tom, ich spreche von Truthahnkeulen!“

Vermutlich war sein Grinsen mehr als ungehörig. „Ich doch auch, Liebling.“

Unschuldig warf Zoey ein, während sie die Lautstärke des Fernsehers regulierte: „Ich mag lieber die Brust.“

Erin verschluckte sich an einem Lachen und erwiderte trocken: „Daddy auch.“

Eigentlich hätte er auf die Bemerkung seiner Frau gerne geantwortet, doch das Klingeln an der Haustür nahm ihm diese Gelegenheit, da Erin sich umdrehte und zur Wohnungstür lief.

Blakes polternde Stimme ertönte einen Augenblick später und sagte Tom, dass seine Hoffnung, dass ihn niemand in seinem Weihnachtspyjama jemals zu Gesicht bekäme, nur noch ein weit entfernter Traum war.

„Hey, Tomcat! Verkleidest du dich als Rudolph?"

Er ließ den Kopf in den Nacken sinken und wollte ungastlich wissen: „Was tust du denn hier?"

Sein Kumpel entblößte die Zähne zu einem geradezu wölfischen Lächeln, während er sein Handy herausholte und einen Schnappschuss von Tom machte, der in seinem Pyjama auf der Couch lag. „Perfekt! Sonst hätte mir niemand geglaubt, dass du einen Strampelanzug trägst!"

„Das ist kein Strampelanzug", empörte er sich sofort und setzte sich auf. „Das ist der Weihnachtspyjama, den Zoey für uns alle ausgesucht hat."

Blake lachte noch immer und steckte äußerst zufrieden das Handy zurück in seine Hosentasche. „Jetzt habe ich einen neuen Bildschirmschoner! Die Jungs werden sich nass machen vor Lachen.“

„Lösch das Bild, Blake“, warnte Tom ihn.

„Niemals! Das ist einfach zu geil.“

Zoey, die das Amüsement ihres Gastes nicht verstand, sah Blake stirnrunzelnd an. „Babys tragen Strampelanzüge ...“

„Deshalb ist es ja so komisch, Süße.“ Blake trat näher und verstrubbelte freundschaftlich das Haar des Mädchens. „Dein Daddy sieht wie ein Baby aus.“

Mit kindlicher Ernsthaftigkeit schüttelte sie den Kopf. „Daddy ist viel zu alt, um ein Baby zu sein.“

„Vor allem ist er zu alt für einen Strampelanzug“, höhnte Blake mit einem gackernden Lachen, das Tom beinahe platzen ließ.

Die Vorstellung, wie Blake die Umkleiden im Verein mit Fotos von ihm in dem vermeintlichen Strampelanzug tapezieren könnte, ließ ihn in Angstschweiß ausbrechen.

Erin trat zu ihnen und stieß Blake tadelnd in die Seite. „Hör auf, dich über meinen Mann lustig zu machen! Wir alle drei tragen diesen *Strampelanzug*.“

Dass Blakes interessierter Blick sich sofort auf Erins Oberweite heftete, machte die ganze Sache nicht unbedingt besser, bemerkte Tom am Rande eines Amoklaufs.

„Dir steht das Ding sehr viel besser als ihm."

„Vielen Dank", ächzte Erin – wenig begeistert von diesem zweifelhaften Kompliment.

„Zurück zu meiner Frage: Was zum Teufel tust du hier?", brummte Tom in dem Bemühen, Blake so schnell wie möglich aus der Wohnung zu schaffen, bevor er es fertig brachte, die wunderbar friedliche Weihnachtsstimmung zu zerstören.

„Jetzt sei nicht pissig. Wenn ihr an euer Telefon gehen würdet, hätte ich nicht herkommen müssen."

Äußerst zynisch merkte Tom an: „Eigentlich wollten wir ungestört sein und haben es deshalb abgestellt."

„Da kannst du ja froh sein, dass ich mich davon nicht habe abhalten lassen."

„Ja", entgegnete Erin trocken. „Sehr froh."

Tom massierte sich die Nasenwurzel und war nur wegen der Anwesenheit seiner Tochter dazu bereit, Blake nicht zu verprügeln. „Blake, raus mit der Sprache! Was ist los?“

„Weihnachten fällt aus.“ Er nickte ihnen auffordernd zu. „Zieht euch lieber etwas Vernünftiges an. Wir halten bei Julian und Liv Kriegsrat ab und müssen besprechen, wer was organisiert.“

Tom und Erin sahen sich unschlüssig an, woraufhin er seiner Tochter die Ohren zuhielt und Blake gespielt freundlich fragte: „Was hast du geraucht?“

„Nichts.“ Der Runningback wedelte mit einer Hand vor seinem Gesicht herum. „Wir verlieren hier nur wertvolle Zeit, schließlich gibt es noch so viel zu tun.“

„Wofür denn?“, wollte Erin leicht genervt wissen. „Ich stehe seit Stunden in der Küche und werde sicherlich nicht zu Julian und Liv fahren, nur weil du Paranoia schiebst.“

Blakes Gesicht verzog sich beleidigt, während er nach Luft schnappte. „Ich schiebe keine Paranoia, sondern helfe nur mit, eine Hochzeit auf die Schnelle zu organisieren. Aber vielen Dank für euer Vertrauen.“

Tom hatte das Gefühl, gerade einen Schlaganfall erlitten zu haben. Fassungslos starrte er seinen

Teamkollegen an und vergaß darüber sogar, seiner Tochter weiterhin die Ohren zuzuhalten.

„Oh mein Gott! *Du* willst heiraten?!“

„Doch nicht ich“, rief Blake ebenfalls entsetzt aus. „Sondern Dupree!“

In die schockierte Stille fragte Zoey hinein: „Darf ich Blumenmädchen sein, Daddy?“

9. Kapitel

Liv hätte bis zu dem Zeitpunkt, als Zoey mit zwei Bulldoggen an der Leine den improvisierten Mittelgang entlanglief, geschworen, dass sie alles in ihrem Leben bereits gesehen hätte.

Das Leben mit einem Footballspieler brachte einen nun einmal in die merkwürdigsten Situationen – Teamkollegen, die aus Hochhausfenstern pinkelten, Quarterbacks, die bei der Saisoneröffnung vor achtzigtausend Zuschauern die Nationalhymne singen mussten, und Runningbacks, die von nackten Flitzern auf dem Spielfeld umgerannt wurden, inklusive. Doch der Anblick von zwei sabbernden Bulldoggen, die Weihnachtsmützen trugen und als Blumenkinder verkleidet der Hochzeit ihrer Besitzer beiwohnten, war ihr neu.

Eigentlich hatte sie sich die Hochzeit von Dupree Williams völlig anders vorgestellt.

Noch vor einigen Jahren wäre sie davon ausgegangen, dass er eine dieser geschmacklosen High-Society-Hochzeiten feiern würde, auf denen den Gästen mit Blattgold verzierte Erdbeeren serviert würden, während seine Braut es darauf anlegte, auf die Titelseiten aller Zeitschriften zu gelangen.

Dann hatte Liv ihn näher kennengelernt und gemerkt, dass Dupree nicht der Möchtegern-Rapper war, der er zu sein schien. Im Grunde war er ein sehr stiller Zeitgenosse, der im Gegensatz zu seinem Äußeren regelrecht traditionell war und sich eine Frau ausgesucht hatte, die genauso tickte. Dupree und Sarah waren beide eher introvertiert, ruhig, besonnen und legten keinen großen Wert auf irgendein Tamtam. Sicherlich würden beide keine extravagante und schweineteure Hochzeit feiern wollen, die jahrelang geplant werden müsste.

Trotz all dieser Einfachheit wäre Liv im Traum nicht eingefallen, dass das junge Paar sich spontan dazu entschließen könnte, am ersten Weihnachtsfeiertag zu heiraten, sich das Ja-Wort im Foyer des Titans-Gebäudes zu geben und alle verfügbaren Lieferdienste der Stadt zu beauftragen, ihnen und ihren Gästen einen bunten Mix aus Pizzen, chinesischem Fast Food und Burgern zu bringen. Nicht einmal eine richtige Torte gab es, dennoch strahlte die Braut am Arm ihres Vaters, während sie ein zauberhaftes Brautkleid trug, das sie erst vor wenigen Stunden ausgesucht hatte.

Manchmal hatte es doch Vorteile, einen berühmten Verlobten mit nicht minder berühmten Freunden zu haben, überlegte Liv lächelnd, während sie Levi auf ihrem Schoß hielt und ihren Mann musterte, der neben dem hemmungslos weinenden Dupree und dem unsicher wirkenden Blake am ebenfalls improvisierten Altar stand, an dem sich auch der Pfarrer befand, den Teddys Mutter auf die Schnelle hatte überzeugen können, das junge Paar zu trauen.

Dank Brians bunter Vergangenheit, in denen zahlreiche Models eine große Rolle gespielt hatten, war es ihnen möglich gewesen, einen der angesagtesten New Yorker Designer dazu zu bekommen, sein Geschäft an Heiligabend zu öffnen und ein Brautkleid herauszurücken. Auch wenn die komplette Hochzeit improvisiert wirkte, war Sarah die hübscheste Braut, die Liv jemals gesehen hatte. An ihr wirkte überhaupt nichts improvisiert.

Der strahlenden Blondine war allzu deutlich anzusehen, dass sie sich keine andere Hochzeit gewünscht hätte und niemals einen anderen Mann als Dupree nehmen würde, dessen Gesicht sie gerade mit beiden Händen umfing, um ihm einen tröstlichen Kuss zu geben, bevor die Trauung beginnen konnte.

Anhand all der Gesichter um sich herum sah Liv, dass sie nicht die Einzige war, die mit den Tränen zu kämpfen hatte. Ein derart bewegter Dupree rührte nun einmal das Herz.

Langsam ließ sie den Blick zu ihrem Mann schweifen, der genau in diesem Moment ihren Augenkontakt zu suchen schien und ihr ein zärtliches Lächeln schenkte. Liv lächelte zurück, drückte Levi an sich und legte ihren anderen Arm um Brianna, die zappelig neben ihr saß. In dem Augenblick, als er den Kopf ein wenig neigte und ihr zuzwinkerte, machte sich merkwürdigerweise eine absolute Entspannung in ihr breit. In den letzten Tagen hatte sie sich Sorgen um ihn gemacht und geahnt, dass es mit Sammys Tod zu tun hatte, aber wenn er ihr dieses verschmitzte Lächeln schenkte, das auch seine schokoladenfarbenen Augen erreichte, wusste sie, dass alles mit ihm in Ordnung war.

Sarah hatte das Gefühl, vor Glück platzen zu müssen, als sie neben ihrem Dad durch das Foyer des Vereinsgebäudes lief, der Geruch nach Knoblauchpizza und salzigen Pommes frites ihr in die Nase stieg und sie Dupree vor sich sah, der in seinem Smoking neben Blake und Julian stand. Genau wie ihr Bräutigam trugen die beiden Footballspieler, die als seine Trauzeugen fungierten, ebenfalls Smokings, aber im Gegensatz zu ihrem zukünftigen Mann weinten sie nicht wie die Schlosshunde, sondern grinsten breit.

Bessere Freunde als seine Teamkollegen konnte sich niemand wünschen, schoss es ihr durch den Kopf. Sie alle hatten ihre Weihnachtspläne über den Haufen geworfen und die halbe Nacht damit verbracht, auf die Schnelle eine Hochzeit zu organisieren, die nicht schöner hätte sein können. Zwar heirateten sie nicht in einer Kirche, sondern im Gebäude der Titans, weil dieses groß genug für all die Gäste war, und außer einem festlich geschmückten Tannenbaum sowie einem Brautstrauß, den Eddie gerade noch an einer Tankstelle besorgt hatte, gab es keine Blumen, doch konnte sich Sarah nicht vorstellen, dass eine andere Hochzeit sie glücklicher gemacht hätte.

Duprees Familie war dabei, ihre Familie war dabei und all ihre Freunde hatten sich versammelt, um mit ihnen eine Weihnachtshochzeit zu feiern. Selbst Duprees Mama hatte sich nach einigen Schreckstunden mit der jetzigen Situation abgefunden und saß neben Sarahs Mom, während sich beide Frauen mit Taschentüchern über die Augen wischten.

Glücklich nickte sie Duprees Schwestern zu, die an der anderen Seite des Altars standen und in ihren Brautjungfernkleidern entzückend aussahen, bevor sie Dupree anstrahlte und sich von ihrem Dad losmachte, um ihrem Bräutigam beide Hände auf die Wangen zu legen und ihm einen zärtlichen Kuss auf den Mund zu geben.

„Du siehst so wunderschön aus“, flüsterte er an ihren Lippen und war kaum zu verstehen, da seine Stimme so sehr bebte.

In diesem Moment brach auch Sarah in Tränen aus und scherte sich nicht darum, dass das aufwendig aufgetragene Make-up ruiniert wurde, sondern schmiegte ihr Gesicht an seines und schlang ihm die Arme um die breiten Schultern.

Erst als Poppy und Pippa mitleiderregend zu fiepen begannen, löste sie sich, verschmierte vermutlich noch mehr von ihrem Make-up, da sie sich mit zitternden Fingern die Tränen wegwischte, und nahm Duprees Hand in ihre, um ihm ihr Ja-Wort zu geben. Alles lief einfach perfekt. Die Zeremonie hätte nicht schöner sein können, bis der liebenswürdige Pfarrer nach einem Ring für die Braut fragte.

Erschrocken zuckte sie zusammen und sah das gleiche Erschrecken auch in Duprees Gesicht.

An alles hatten sie gedacht – nur nicht an einen Ring.

Hinter ihnen setzte ein Tuscheln ein, das erst dann ein Ende hatte, als Blake hastig nach vorne sprang, an seinem Finger zog und Dupree seinen protzigen Superbowlring überreichte.

„Hier, nehmt den."

Sarah schaute dem großmäuligen Runningback ins Gesicht und spürte in der gleichen Sekunde wie er, dass sie kurz vor einem erneuten Tränenausbruch stand.

Anscheinend entsetzte ihn diese Vorstellung kolossal, da er erschrocken die Hände hochriss und zurückwich. „Du bekommst ihn nur, wenn du nicht heulst.“

Schweigend nickte sie und wäre an dem Knoten in ihrem Hals beinahe erstickt.

Während sie furchtbar gerührt war und sich nicht anders zu helfen wusste, als in einen verschämten Schluckauf auszubrechen, schien ihr Bräutigam die Zeremonie plötzlich urkomisch zu finden, da er ihr mit einem unterdrückten Lachen den Ring seines Kumpels über den Finger schob, während der Pfarrer sie zu Mann und Frau erklärte.

Natürlich war das protzige Schmuckstück viel zu groß für ihren Finger, also schloss Dupree ihre Hand zu einer Faust, hob diese an und küsste ihre Fingerknöchel.

„Nach Weihnachten bekommst du einen neuen.“

Mit Tränen in den Augen stellte sie sich auf die Zehenspitzen und küsste ihren Mann auf den Mund, während Blake laut und deutlich blökte: „Das hoffe ich doch!“

Epilog

Taylor Roberts konnte es einfach nicht glauben!

Am liebsten hätte sie ihre Cousine einfach umgebracht, doch das war leider nicht so einfach.

Erstens war Weihnachten, was bedeutete, dass sie ihr ganzes restliches Leben lang genau an ihrem liebsten Feiertag ein schlechtes Gewissen bekommen würde, wenn sie heute ihre Cousine umbrachte, und zweitens befand sie sich gerade auf einer Hochzeit, was wiederum bedeutete, dass es viel zu viele Zeugen für diesen Mord gäbe. Sicherlich würde Taylor nach Rikers Island kommen, bevor das neue Jahr anfing. Gefängnisorange stand ihr nicht, wie sie sich denken konnte, da jeder Lippenstift, der nur einen Hauch Orange besaß, sie wie eine Leiche erschienen ließ, also musste sie sich diesen Weg von der Backe putzen.

Anscheinend blieb ihr nichts anderes übrig, als gute Miene zum bösen Spiel zu machen, auch wenn es ihr ganz und gar nicht behagte, den Tag hier zu verbringen.

Inmitten von Footballspielern!

Vermutlich klang ihre Abneigung gegen diese Spezies absolut absurd, da sie schließlich Cheerleader in genau diesem Verein war und daher allein beruflich mit ihnen zu tun hatte. Bis vor ein paar Monaten war das auch gar kein Problem gewesen, aber dann war *er* zu den New York Titans gekommen. Seither verfluchte Taylor den Tag, an dem sie sich hier als Cheerleader beworben hatte, und fragte sich, wie sie so dämlich hatte sein können, sich nicht einfach weiter auf ihr Studium zu konzentrieren, anstatt im kurzen Röckchen ein Team anzufeuern, zu dem seit Kurzem auch *er* gehörte.

Ihn anzufeuern war ihr so zuwider wie nichts anderes auf der Welt. Da sie jedoch zu dem Team der Cheerleader gehörte, konnte sie nicht einfach ihren Posten aufgeben und die anderen Mädels im Stich lassen. Aufzugeben passte nun einmal nicht zu ihr. Glücklicherweise war sie *ihm* bislang auch nie begegnet. Die einzige Chance dafür bestand meistens während eines Spiels, doch da war *er* viel zu konzentriert, als sich die Tanzeinlagen der Cheerleader anzuschauen, wie Taylor bereits einige Male gesehen hatte.

Wenn Madison nicht auf die Idee gekommen wäre, eine Beziehung zu Blake O'Neill einzugehen, würde Taylor auch nicht ständig Gefahr laufen, *ihm* zu begegnen, schließlich waren *er* und Blake nicht nur Teamkollegen, sondern auch im Privatleben Kumpels. Wieso hatte Madison nicht einfach ein einziges Mal mit Blake O'Neill schlafen und ihn dann in die Wüste schicken können? Nein, ihre Cousine lebte mittlerweile ja fast schon bei dem tölpelhaften Footballspieler und war sogar auf die grandiose Idee gekommen, Weihnachten bei ihm zu feiern. Am liebsten hätte Taylor die Einladung rigoros abgelehnt, doch das hätte noch mehr Aufsehen in der Familie erregt. Daher hatte sie die Einladung angenommen, als sie erfahren hatte, dass wirklich nur die Familie kommen würde.

Eigentlich hätte sie also davor sicher sein können, *ihm* zu begegnen.

Doch dann hatte sich Blakes Teamkollege Dupree dazu entschieden, spontan heiraten zu wollen, woraufhin Madison die ganze Familie zu der saloppen Hochzeit eingeladen hatte. Leider hatte Taylor davon erst in letzter

Minute erfahren und keinen plausiblen Grund erfinden können, um Weihnachten der Familie fernzubleiben.

Hier stand sie nun – angezogen in ihrem schönsten Kleid und versteckte sich hinter einer Säule, weil sie *ihm* nicht begegnen wollte.

Sollte sie zufällig auf *ihn* treffen, wäre nicht nur Weihnachten, sondern das ganze Jahr für sie gelaufen. Leider konnte sie *ihn* unter den zahlreichen Gästen nicht ausmachen, da der Idiot wie eigentlich alle anderen Footballspieler einen Smoking trug.

Gerade als sie hinter der Säule zum Buffet schielte, fiel ihr Blick auf die Tanzfläche, auf der der Bräutigam samt seinem Hofstaat und seiner Braut zu einem Song tanzte, den Madisons Band spielte. Während ein Haufen grölender Footballspieler auf und ab sprang und das Lied mitsang, leckte sich Taylor unsicher über die Lippen, stellte ihr Glas auf dem Boden ab und eilte auf die Tische zu, auf denen das Essen angerichtet worden war. Zwar hatte sie niemals zuvor zu Weihnachten kalte Pizza gegessen, doch das Loch in ihrem Magen musste schnellstmöglich gefüllt werden.

Da sie nicht sonderlich wählerisch war, griff sie ein beliebiges Stück und stopfte es sich alles andere als damenhaft in den Mund.

„Oh, Entschuldigung“, erklang eine dunkle Männerstimme, während sie gleichzeitig von der Seite angerempelt wurde.

Vor lauter Schreck fiel ihr nicht nur die Pizza zu Boden, sondern eine Gänsehaut zog sich über ihren gesamten Körper, als sie aufsah und sich mit *ihm* konfrontiert sah.

Ian Carlisle nickte entschuldigend und beugte sich zu ihr, um die Hand auszustrecken.

Mit rasendem Herzen und weit aufgerissenen Augen verfolgte Taylor ungläubig, wie er nach einem Stück Pizza griff und hungrig hineinbiss.

Schmatzend erklärte er ihr: „Kalte Pizza ist besser als nichts, oder?“

Mechanisch nickte sie mit trockenem Mund und verfolgte, wie er ihr kurz zulächelte, sich umdrehte und wieder ging.

Entsetzt, erstaunt und erleichtert zugleich begriff sie, dass er sie gar nicht erkannt hatte. Ian Carlisle hatte einen halben Meter vor ihr gestanden und ihr direkt ins Gesicht gesehen, während nicht der kleinste Anflug eines Erkennens über sein Gesicht gehuscht war.

Neben ihrer Erleichterung stieg ein nicht zu leugnendes Gefühl der Verletztheit in ihr hoch.

Gerade als sie dachte, dass sie das Aufeinandertreffen mit ihm überstanden hatte, musste sie beobachten, wie er abrupt stehen blieb, sich umdrehte und sie ungläubig musterte.

„Taylor?“

Neuerscheinung

„Cheerleader küsst man nicht“ (Band 11)

Erscheinungsdatum: 6. März 2015

Wenn Taylor Roberts drei Wünsche frei hätte, würde sie die ersten beiden selbstlos dafür einsetzen, den Hunger auf der Welt zu bekämpfen und Frieden zu stiften. Den dritten Wunsch würde sie jedoch völlig egoistisch für sich selbst verwenden, um den Tag aus ihrem Gedächtnis zu streichen, an dem sie Ian Carlisle begegnet ist.

Selbst Jahre nach ihrer ersten Begegnung lässt sich die Erinnerung an sein strahlendes Lächeln, seine charmanten Worte und seinen verlogenen, verdammenswerten und verabscheuungswürdigen Charakter einfach nicht abschütteln.

Als der Wide Receiver ausgerechnet zu dem Verein wechselt, bei dem Taylor als Cheerleader die Footballspieler anfeuert, wird ihr ganz persönlicher Albtraum Realität, doch das erste Treffen mit ihm läuft anders ab, als sie es sich vorgestellt hat – Ian Carlisle scheint völlig vergessen zu haben, was auf dem College passiert ist, und geht davon aus, dass Taylor als Cheerleader Freiwild für den neuen Star der New York Titans ist.

Jedoch ist Taylor längst nicht mehr das verschüchterte Mädchen von damals und haut ihm die Starallüren um die Ohren, dass ihm Hören und Sehen vergeht.

Die „New York Titans“ – Reihe:

„Verliebt in der Nachspielzeit“ (Band 1)

erschienen im Juli 2013

Hanna Dubois kann es nicht glauben! Ihre erste Woche in New York City hält einige Überraschungen für sie bereit: Sie bekommt das heiß ersehnte Stipendium, wird in einen Autounfall, den Paparazzi verursacht haben, verwickelt und lernt dabei John kennen - das Bild von einem Mann. Sie verliebt sich Hals über Kopf in den berühmten ehemaligen Quarterback, dessen Schritte ständig von Pressevertretern überwacht werden. Eine wahre Hetzjagd auf Hanna beginnt, an der die Beziehung der beiden zu zerbrechen droht ...

Seitenzahl: 272

„Touchdown fürs Glück“ (Band 2)

erschienen im November 2012

Julian Scott ist der talentierte und neue Footballspieler der New York Titans, dessen Leben nicht schöner sein könnte. Er ist auf dem Höhepunkt seiner Footballkarriere, die Frauen laufen ihm scharenweise hinterher und finanziell kann er auch nicht klagen.
Liv Gallagher ist die erfolgreiche und angesehene Architektin einer New Yorker Agentur, deren Leben strikt geordnet ist. Sie lebt für ihren Beruf, macht sich wenig aus den Männern, die ihr nachschauen, und konzentriert sich lieber auf ihre Karriere.
Julian und Liv sind grundverschieden und doch waren sie früher ein glückliches Ehepaar. In New York treffen sie zufällig aufeinander und müssen feststellen, dass immer noch die Funken fliegen, wenn sie sich sehen ... wäre da nicht ein dunkles Geheimnis aus ihrer Vergangenheit.

Seitenzahl: 454

„Make Love und spiel Football“ (Band 3)

erschienen im Januar 2013

Der Footballgott muss sich mit den New York Titans wohl einen Witz erlaubt haben, als er die Tochter des verstorbenen Teambesitzers zur neuen Chefin ernannt hat! Das glaubt jedenfalls Brian Palmer, Quarterback und Kapitän der Titans, als sich die skandalbehaftete Teddy MacLachlan mit Hippiekleidung, Bauchnabelpiercing und Flipflops dem Team vorstellt. Frauen können in der Welt des Footballs nicht bestehen, vor allem nicht wenn sie auf Räucherstäbchen und Meditationen abfahren. Football bedeutet Krieg, da haben Frauen nichts zu suchen – Brian hat keine Skrupel, das seiner neuen Chefin ins Gesicht zu sagen, doch die bricht wider Erwarten nicht in Tränen aus, sondern grinst ihn frech an. Anders als der Rest der Frauenwelt, die sich dem heißen Quarterback an den Hals wirft, legt sich Teddy mit ihm an und schlägt ihn mit den eigenen Waffen.

Seitenzahl: 393

„Verbotene Küsse in der Halbzeit“ (Band 4)

erschienen im September 2013

Erin Hamilton hat klare Zielvorstellungen vor Augen und weiß, wohin ihr Weg gehen wird ... wären da nicht ständig Komplikationen, die ihr das Leben erschweren. Zum einen gibt es da ihre jüngere Schwester, deren überdimensionale Hochzeit jeden vernünftigen Rahmen zu sprengen droht, dann treibt ihre sexuell orientierungslose Mitbewohnerin sie beinahe in den Wahnsinn und Geldsorgen hat Erin auch noch. Zu allem Überfluss muss sie mit dem verantwortungslosen und arroganten Tom Peacock klarkommen, der sie als Kindermädchen für seine vierjährige Tochter engagiert, damit er sich nicht selbst um die Kleine kümmern muss. Der berühmte Footballspieler ist es gewöhnt, seinen Willen durchzusetzen und das zu bekommen, was er haben will. Doch bei Erin beißt er auf Granit, denn sie ist alles andere als beeindruckt von ihm und zeigt dies deutlich. Sie zwingt ihn dazu, Zeit mit seiner süßen

Tochter zu verbringen. Ob Tom gegen so viel Weiblichkeit um ihn herum eine Chance hat?

Seitenzahl: 394

„Knallharte Schale – zuckersüßer Kerl (Band 5)

erschienen im Dezember 2013

Dupree Williams ist ein knallharter Footballspieler, der bei seinen Gegnern Angst und Schrecken auslöst. Nicht umsonst gilt er als "menschlicher Bulldozer". Doch niemand kann sich vorstellen, dass Dupree unter extremer Schüchternheit leidet und nicht weiß, wie er mit Frauen sprechen soll. Zu sehr nagt ein Erlebnis aus seiner Collegezeit an ihm. Meistens kaschiert er seine Unsicherheit mit einer großmäuligen Art und gerät prompt an Sarah, die ihm mit einem gezielten Tritt zu verstehen gibt, dass sie arrogante, großmäulige und aufdringliche Typen nicht leiden kann. Der Spaß fängt erst an, als Sarah einen Bericht über Dupree schreiben soll, da er das Aushängeschild der New Yorker Brustkrebshilfe ist, für die sie arbeitet. Zwar mag Sarah keine arroganten, großmäuligen und aufdringlichen Typen, aber das ist Dupree ja auch eigentlich gar nicht ...

Seitenzahl: 342

„Kein Mann für die Ersatzbank“ (Band 6)

(Kurzroman)

erschienen im Februar 2014

Bobby O'Connor ist alles, was man sein muss, um erfolgreicher Sportagent zu sein - Kumpeltyp, großmäulig, blitzgescheit und extrem tough! Nur ist Bobby O'Connor kein Typ, sondern eine Frau. Eine Frau, die sich problemlos in dieser Männerdomäne durchsetzt und sogar mit verknallten Footballspielern umgehen kann. Jack Armstrong lernt die coole Sportagentin kennen und wird sehr schnell ihr bester Kumpel. Wenn er mit ihr zusammen ist, vergisst er manchmal sogar, dass sie eine Frau ist. Doch plötzlich kann er gar nicht anders, als daran zu denken, dass sie eine Frau ist - eine süße und extrem anziehende Frau ...

Seitenzahl: 216

„Unverhofft verliebt“ (Band 7)

erschienen im März 2014

Mit den Männern klappt es einfach nicht! Frustriert muss Claire erkennen, dass sie nicht der Typ Frau ist, den Männer heiraten wollen. Schön und gut ... sie haben nichts gegen einen Flirt mit der umwerfenden Rothaarigen einzuwenden und sind auch ganz sicher nicht abgeneigt, ihr das Kleid vom kurvenreichen Körper zu schälen, aber eine langfristige Beziehung scheint in weiter Ferne zu liegen. Doch Claire hat die Nase voll davon, nach Mr. Perfect zu suchen, und beschließt, auch ohne einen Mann an ihrer Seite das Glück zu finden und ein Baby zu bekommen. Wozu gibt es schließlich Samenbanken? Wenn sich Frauen mit Kreditkarten Schuhe und Taschen kaufen können, dann sollte es doch auch möglich sein, diese für den Kinderwunsch zu benutzen! Ihr Entschluss steht fest, doch dann hat ein One-Night-Stand mit dem wortkargen Grant Folgen, die den Einsatz der Kreditkarte unnötig machen ...

Seitenzahl: 307

„Auszeit für die Liebe“ (Band 8)

erschienen 8. Mai 2014

Sieg auf der ganzen Linie! Quinn Atherton hat alles, was ein Mann braucht, um ein verdammt cooler Typ zu sein. Zum einen lebt er den Traum eines jeden Amerikaners – er ist Profi-Footballspieler und kassiert Millionen dafür, dass er mit einem Lederball unter dem Arm über ein Spielfeld rennen darf, während ihm Tausende von begeisterten Zuschauern zujubeln. Zum anderen umschwärmen ihn heiße Groupies, die schneller ihre BHs öffnen können, als er das Wort Touchdown überhaupt über die Lippen bringen kann. Doch Quinn hat ein Problem. Er hat nämlich keine Lust, sich die Zeit mit Groupies zu vertreiben, sondern will seine Frau zurück - seine entzückende und streitlustige Frau Bryce, die ihn vor die Tür gesetzt und die Scheidung eingereicht hat. Eigentlich hat er keine Probleme, das weibliche Geschlecht um den Finger zu wickeln, doch Bryce stellt die Ohren auf Durchzug und ignoriert seine Entschuldigungen rigoros. Aber die Liebe ist wie ein

Footballspiel. Wenn man eine Chance sieht, zögert man nicht lange und rennt einfach los.

Seitenzahl: 370

„Hände weg vom Quarterback“ (Band 9)

erschienen im Juli 2014

Mitch Cahill war ein grandioser Quarterback und gefeierter Footballgott, der alles besaß, was er sich nur hätte wünschen können. Doch einige Auswärtsspiele, Groupies und eine Knieverletzung später ist er geschieden und muss sich vom Profifootball sowie von den New York Titans verabschieden. Letzteres macht ihm nichts aus, aber die Trennung von seiner Exfrau hat er auch nach vier Jahren kaum verwunden und tut sich schwer damit, wieder eine Beziehung einzugehen. Dank eines Postens als Geschäftsführer in seinem alten Verein ist er jedoch so abgelenkt, dass sein Liebesleben kaum von Belang für ihn ist. Vor allem als er bei der Arbeit mit Avery Lancaster aneinandergerät, schweifen seine Gedanken immer wieder zu der herrischen und unbeschreiblich hübschen Frau ab, die ihn bei ihrer ersten Begegnung einen abgehalfterten Ex-Footballspieler genannt hat. Es widerstrebt ihm aus tiefstem Herzen, mit dieser Furie zusammenzuarbeiten, doch es bleibt ihm nichts anderes übrig. Sobald Mitch erkennt, wie sie wirklich ist, und er ihre weiche Seite entdeckt, ist er hin und weg. Aber schafft er es auch, Averys Vertrauen zu gewinnen?

Seitenzahl: 355

„Küss mich, du Vollidiot“ (Band 10)

erschienen im Oktober 2014

Blake O’Neill ist ein Rüpel, ein Macho, ein widerlicher Kerl ... ein Footballspieler! Madison kann ihren Abscheu gegen ihn gar nicht in Worte fassen und versteht nicht, warum der Schwachkopf kein Nein von ihr akzeptiert. Seit er sie vor den Augen unzähliger Menschen zu Tode blamiert hat, wird sie ihn einfach nicht mehr los und fährt schwere Geschütze auf, um ihm klarzumachen, dass sie kein Interesse an einem oberflächlichen, großkotzigen und selbstherrlichen Typen wie ihm hat. Außerdem hat sie ganz andere Sorgen, als ihre Zeit damit zu verschwenden, seinen Flirtversuchen aus dem Weg zu gehen. Selbst als sie erkennt, was hinter seiner Fassade steckt, und sich ein Funke Mitleid in ihr regt, ändert das nicht ihre Meinung über ihn. Oder doch?

Seitenzahl: 317

Weitere Romane von Poppy J. Anderson:

Die Fitzpatrick-Reihe

„Brandheiße Küsse“ (Band 1)

erschienen im August 2014

Als Heath Fitzpatrick urplötzlich die Verlobung löst, bricht für Hayden eine Welt zusammen, immerhin liebt sie ihn, seit sie denken kann. Verzweifelt muss sie erkennen, dass er es mit der Trennung ernst meint, und bemüht sich darum, sich mit der neuen Situation zu arrangieren. Doch das ist gar nicht so leicht, schließlich ist Heaths Familie auch Teil ihres Lebens, die sich nicht davor scheut, sich ständig in alles einzumischen. Außerdem benimmt sich Heath nicht wie ein Mann, der keine Gefühle mehr für die Frau hegt, die er sein ganzes Leben lang geliebt hat. Auf diese Weise kann Hayden ihren Ex-Verlobten nicht aus ihren Gedanken vertreiben und aus ihren Gefühlen sowieso nicht, schließlich sind die Fitzpatricks dafür bekannt, dass man sie so leicht nicht loswird.

Seitenzahl: 250

„Draufgängerische Küsse“ (Band 2)

erschienen im Dezember 2014

Shane Fitzpatrick kommt sich nicht nur unwiderstehlich vor - er ist es auch. Groß, dunkelhaarig und mit der Erlaubnis ausgestattet, eine Waffe zu tragen, wird der irische Dickschädel von Frauen angeschmachtet, wo er geht und steht. Bislang hat er sich wegen dieses Umstandes noch nie beklagt und ist dafür bekannt, nichts anbrennen zu lassen, doch der Bostoner Polizist denkt mittlerweile darüber nach, die zahlreichen Dates sausen zu lassen und sich auf die Suche nach einer Frau zu machen, mit der er endlich sesshaft werden kann. Dumm nur, dass ausgerechnet die einzige Frau, für die er jemals etwas empfunden hat, nicht einmal seinen richtigen Namen kennt und einen guten Grund hat, Shane die ewige Verdammnis an den Hals zu wünschen.

Seitenzahl: 258

Die Hailsboro-Reihe:

„Beim zweiten Mal küsst es sich besser“ (Band 1)

Eigentlich hatte Kate vorgehabt, sich in der osttexanischen Kleinstadt, in der sie aufgewachsen ist, von dem Schock zu erholen, ihren Verlobten nackt auf ihrer Couch mit der gemeinsamen Nachbarin erwischt zu haben, und etwas Abstand zwischen sich und das Großstadtchaos von Los Angeles zu bringen. Dass ihre

Großmutter die besten Kuchen der Welt backt, ist da nur von Vorteil, schließlich wünscht sich Kate, etwas bemuttert und umsorgt zu werden. Unglücklicherweise findet sie sich prompt im Kleinstadttratsch wieder, da ihr ein Flirt mit dem Highschoolfootballtrainer Hugh unterstellt wird! Ausgerechnet mit Hugh, ihrem ehemals besten Freund, der das Privileg besessen hatte, ihr nicht nur den ersten Kuss zu geben, sondern auch andere erste Male mit ihr zu erleben. Doch mit der ersten Liebe ist es wie mit einem Kuchenrezept. Manchmal klappt es beim ersten Anlauf nicht, doch dafür schmeckt der zweite Versuch köstlich.

„Nachträglich ins Glück“ (Band 2)

Sam Richards liebt ihren Beruf und geht darin auf, sich als Kinderärztin um ihre kleinen Patienten zu kümmern. Dass ihr Privatleben darunter leidet, macht ihr nichts aus, da sie es vorzieht, allein zu bleiben. Jeder trifft einmal im

Leben seine große Liebe – auch Sam durfte dies erleben und wurde so tief verletzt, dass sie sich nicht vorstellen kann, dies noch einmal durchmachen zu müssen. Sie ist vollauf zufrieden, eine neue Stelle im osttexanischen Hailsboro angenommen zu haben und das Kleinstadtleben zu genießen. Doch plötzlich trifft sie auf Drew und macht eine Entdeckung, die ihr ganzes Leben auf den Kopf stellt.

„Ein Hinterwäldler zum Verlieben“ (Band 3)

June badet in Selbstmitleid, als ausgerechnet sie dazu auserkoren wird, sich um ihre verrückte Großtante zu kümmern, die in der Einöde von Texas lebt und nach einem mehr als peinlichen Unfall Hilfe bei der Bewältigung ihres Alltags benötigt. Ihr bleibt nichts anderes übrig, als in den sauren Apfel zu beißen und nach Hailsboro zu fahren, um dort die Kleinstadtlangeweile zu ertragen. Als wäre das nicht schlimm genug, fährt sie an ihrem ersten Tag einem dieser Hinterwäldler in den bereits zerbeulten Truck und erntet dabei die Aufmerksamkeit der ganzen Stadt. Zu allem Unglück schleicht sich ausgerechnet dieser wortkarge Dorftrottel ständig in ihre Gedanken hinein, wenn sie ihrer Arbeit nachgeht. Da ist es kein Wunder, dass die Protagonisten ihrer schnulzigen Historiengeschichten frappierende Ähnlichkeiten mit dem Mann haben, der zwar kaum ein Wort über die Lippen bringt, aber verdammt gut küssen kann.

„Hals über Kuss“ (Band 4)

Cassidy Shephard ist ein absolutes Landei, das ein äußerst ordentliches sowie extrem langweiliges Leben mitten in der Kleinstadt Hailsboro in Texas führt, in der sich alles um Klatsch, Tratsch und das köstliche Gebäck der hiesigen Konditorei dreht. Daher ist die tüchtige Kindergärtnerin nicht sehr erpicht darauf, dass die Klatschmäuler erfahren, dass ausgerechnet sie, die

Vorsitzende des Gartenvereins und die Gründerin der Gesundheitsfürsorge für Haustiere, bei einem Weihnachtstrip nach Las Vegas einen völlig Unbekannten geheiratet hat und unter einem Spiegel an ihrem Betthimmel aufgewacht ist, während ihr jegliche Erinnerung an diesen ereignisreichen Abend fehlt.
Sie versucht, die demütigende Erinnerung zu verdrängen, bis ihr Ehemann plötzlich auf ihrer Matte steht und nicht nur die ganze Stadt in helle Aufregung versetzt, sondern auch sie gehörig auf Trab hält.

Impressum

Poppy J. Anderson
c/o copywrite Literaturagentur
Georg Simader
Woogstr. 43
60431 Frankfurt

Es werden grundsätzlich keine Pakete angenommen!

42379973R00120

Printed in Poland
by Amazon Fulfillment
Poland Sp. z o.o., Wrocław